I0564734

4184 ³⁹¹

A(. a.

Cat. de Nyon. 6792.

35.

DISSERTATION

SUR LA CAUSE

DE L'ÉLÉVATION

DES

VAPEURS.

QUI A REMPORTE' LE PRIX,
au Jugement de l'Académie des Belles Lettres,
Sciences & Arts.

*Par Monsieur HAMBERGER, Professeur de Physique & de
Medecine dans l'Université de Jene.*

A BORDEAUX,

Chez PIERRE BRUN, Imprimeur-Aggrégé de l'Académie
Royale, Ruë Saint Jâmes.

M. DCC. XLIII.

AVEC PRIVILE'GE DU ROI.

4° Sc A 1118

DISSERTATION

SUR LA CAUSE

DE L'ELEVATION

DES VAPEURS.

§. I.

ORPORA mul-
ta , præsertim
humida , si aëri
liberiori exponan-
tur, notabiliter pondere decrescunt. Immò aqua, aliaque fluida humida, ut Vi-
num, Cerevisia, spiritus Vi-

LUSIEURS Corps,
principalement ceux
qui sont humides, per-
dent considérablement
de leur poids , s'ils demeurent ex-
posés à l'air libre : l'Eau même, le
Vin, la Bierre , l'esprit de Vin , &
les autres fluides humides, (à l'ex-

A

ception de ceux qui font huileux & gluans, comme le font les huiles extraites par expreſſion, ou aprêtées par défaillance, & l'huile de Vitriol,) ſe conſument d'eux-mêmes, ſi on les laiſſe expoſez à l'air libre dans un vaſe découvert ; quoique la diſſipation des parties de ces fluides ne ſoit jamais viſible, & que celle qui arrive à toute leur maſſe ne s'aperçoive ni toujours, ni fort diſtinctement.

ni, modò non ſint viſcida oleoſa, ut olea expreſſa, vel etiam per deliquium parata, & oleum Vitrioli, in vaſe aperto, libero aëri expoſita, ſpontè conſumuntur, quamquàm partes quæ abeunt ſingulæ nunquàm, tota verò earundem congeries interdùm tantùm, & tunc quoque minus diſtinctè, viſu percipiantur.

§. II.

Si on donne aux Corps, dont-il eſt parlé dans le Paragraphe précédent, le plus grand dégré de chaleur qu'ils ſont capables de recevoir, & qu'on les expoſe à l'air, non-ſeulement ils ſont beaucoup plus promptement conſumés, en tout ou en partie, mais encore la diſſipation qui ſe fait de leurs parties à chaque inſtant eſt ſi forte, qu'on aperçoit ſenſiblement la maſſe de ces parties, qui ſe répand dans l'air voiſin ſous la forme d'un nuage.

Eadem Corpora (§. I.) tantùm quantùm poſſunt calefacta, & aëri expoſita, non ſolùm breviori longè tempore, in tantum vel in totum conſumuntur, ſed & tantâ quantitate, quolibet temporis momento, ſuas dimittunt partes, ut harum congeries, ſub nebulæ forma, in aëre vicino incumbente percipiantur.

§. III.

A l'égard des autres Corps, qui dans un air temperé ne laiſſent ab-

Alia quoque corpora, quæ in aëre temperato nihil planè

fuarum partium in aërem transmittunt, ad calorem majorem tota confumuntur, idque vel nebulam, fumumve in aëre excitando, ut Mercurius, oleum Vitrioli, Gummata, & Gummi refinæ; vel flammam exhibendo, ut olea expreffa, & deftillata, eademque corpora refinofa. Alia autem corpora, quamquàm maximus adhibeatur ignis gradus, ex parte tantùm confumuntur. Talia funt oleum Tartari, P. D. ligna, lapides, aliaque corpora.

folument rien échaper de leur maffe, il en eft qui font entierement confumés par la force de la chaleur, foit que la diffipation fe faffe fous la forme d'un nuage ou d'une fumée qui fe levent en l'air, comme il arrive au Mercure, à l'huile de Vitriol, aux Gommes & aux Refines; foit fous la forme d'une flamme fenfible, comme il arrive aux Huiles extraites par expreffion ou par diftilation; & aux Corps Refineux : Il eft d'autres Corps que l'action du feu ne confume jamais qu'en partie, quoiqu'elle leur foit apliquée dans fon plus grand dégré d'activité; tels font l'huile de Tartre par défaillance, les Bois, les Pierres, & divers autres Corps.

§. I V.

Vocantur hæ partes, quæ fic figillatim invifibiles in aërem tranfeunt, generali quodam nomine, Vapores, quafcumque cæteroquin poffideant proprietates; quamquàm & ifta, quæ flammam in aëre exhibent, Scintillæ audiant: Et experien-

Quelles que foient d'ailleurs les proprietés des parties que leur tenuité empêche d'être vifibles lors qu'elles fe répandent dans l'air, on leur donne le nom générique de Vapeurs, comme celui d'Etincelles aux parties qui fe laiffent apercevoir en forme de flamme : & l'experience des Chimiftes nous aprend que ces Vapeurs font des Molécules aqueufes, ou fulphureufes, ou Salines acides, ou Salines urineufes, ou ammoniacales qui font compofées de l'un & de l'autre de ces Sels, ou des Molécules mercurielles. La même experience nous aprend que les parties terreufes, tandis qu'elles reftent dans leur état naturel, ne paffent jamais dans l'air fous la forme de Vapeurs, non plus que les parties alcalines fixes, ni les Sels moyens qui font compofez d'un acide & d'un Sel alcali fixe, tandis que les uns & les autres conferveront leur état & leur qualité : Il eft pourtant vrai que les parties terreufes font quelquefois changées en Vapeurs, par leur mélange avec des Sels acides, urineux, ou fulphureux. On apelle évaporation le paffage de ces Molécules dans l'air.

tia Chimicorum docet, effe dictos vapores vel aqueas, vel fulphureas, vel falinas acidas, vel falinas urinofas, vel ex utrifque compofitas ammoniacales, vel mercuriales particulas. Nunquàm verò terreæ partes fibi relictæ, vel alcalicæ fixæ, vel etiam falia media, ex acido & fale alcalico fixo compofita, quâ talia & fibi relicta, tanquàm vapores in aërem tranfeunt, quamquàm terreæ, falinis acidis vel urinofis, itemque fulphureis juncta, interdùm vapores evadant. Ipfe tranfitus harum particularum in aërem Evaporatio appellatur.

§. V.

On ne peut prouver par aucune experience, qu'il fe faffe d'évaporation dans un lieu d'où l'on auroit entierement chaffé l'air. On éprouve au contraire, que dans des

In loco ab omni aëre vacuo quicquam evaporare, nullo experimento probari poteft. Contrà verò, quò magis vehementer aër juxtà

corpus evaporabile movetur, intervales de tems égaux, une plus
tantò major vaporum quan- grande quantité de Vapeurs paſſe
titas eodem tempore in aëre dans l'air, à proportion que l'agi-
tranſit : Sic breviori longè tation de l'air eſt plus forte ſur les
tempore libra una aquæ, in Corps ſuſceptibles d'évaporation ;
vaſe amplo & minùs alto de ſorte qu'une livre d'eau qu'on
ebulliens, in vapores muta- fera bouillir dans un vaſe large,
tur, ſi flabello conſtanter juxtà & qui ne ſera pas fort élevé, ſera
aquæ ſuperficiem, aër agite- beaucoup plus promptement diſſi-
tur, quàm ſi hæc aëris per pée en Vapeurs, ſi on agite ſans
flabellum agitatio omittatur. ceſſe avec un ſoufflet, ou un éven-
Et tellus, per pluvias humi- tail, l'air qui environne la ſurface
da facta, breviori tempore de l'eau, que ſi on laiſſe cet air en
ventorum impetu exſiccatur, repos ; de même la Terre après
quamquàm Solis radii per avoir été détrempée par les pluyes
nubes planè arceantur, quàm eſt bien plutôt deſſéchée par le
per radios ſolares, aëre ſimul ſouffle des vents, lors même que
quieto. Aër igitur ad vapo- l'opacité des nuages empêche en-
rum aſcenſum neceſſariò con- tierement l'action des rayons du
currit. Soleil, qu'elle ne le ſeroit par ces
mêmes rayons, dans un tems où
l'air ſeroit tranquile ; il eſt donc démontré que le concours
de l'air eſt néceſſaire à l'élévation des Vapeurs.

§. VI.

Partes igneas inter eva- Il réſulte également avec évi-
porationis cauſas referri de- dence, que les parties ignées ſont
bere, ex eo patet, quià : du nombre des cauſes de l'évapo-
1°. Omnia evaporabilia, quò ration, de ce que : 1°. Les Corps
magis ſunt frigida, tantò ſuſceptibles d'évaporation s'éva-

porent moins, à proportion qu'ils ont acquis un plus grand degré de froideur, ce que l'experience prouve dans tous les fluides humides, mais principalement lorsque durant le froid ils ont acquis une consistence solide. 2°. Il est certains Corps, comme le Mercure, les Gommes & les Résines qui n'ont point d'odeur, qu'on ne peut réduire en vapeurs, que par l'aplication du feu dans le plus grand degré de son activité. 3°. l'évaporation des Corps devient d'autant plus considerable par raport à la quantité, que les Corps sujets à l'évaporation sont pressez par un

minùs evaporant, id quòd omnia fluida humida, præcipuè si solidam durante frigore acquirunt consistentiam, probant. 2°. Quædam corpora, ut Mercurius, itemque Gummata & Resinæ non odora, non nisi ad majorem ignis gradum applicatum in vapores mutantur. (§. 3.) 3°. Omnia denique evaporabilia, tantò majori quantitate in aërem transeunt, quò majori ignis urgentur gradu; id quod Chimicorum præcipuè labores ostendunt.

plus grand degré de chaleur dans le feu qu'on leur aplique ; ce que les opérations des Chimistes ne permettent pas de révoquer en doute.

§. VII.

Enfin on ne peut s'empêcher de mettre les Vapeurs même qui s'élévent, dans le nombre des causes qui contribuent à leur élévation ; par la raison que les secours du feu & de l'air ne peuvent pas rendre tous les Corps susceptibles d'évaporation. En effet, l'Or, l'Argent,

Ex numero denique causarum ascensûs ipsi ascendentis vapores excludi nequeunt, quià non omnia corpora, ope ignis & aëris, evaporabilia reddi queunt. Aurum enim, argentum, calx viva, salia alcalica

fixa, & ex acido & alcali
fixo compofita, terræ Simplices
veræ, nullâ ignis vi, nul-
loque aëris motu, fibi relicta
& quâ talia, in aëre fub
vaporum forma elevantur.

la Chaux vive, les Sels alcalis fixes, ni ceux qui font compofez d'un acide & d'un alcali fixe, non plus que les Terres veritables, & fans mélange de ce qui altere leur fimplicité, ne peuvent, tandis qu'elles demeurent dans leur état naturel, être réduites par aucune activité du feu, ou par aucune agitation de l'air, à s'élever dans l'air fous la forme des Vapeurs.

§. VIII.

Minimè tamen hæc afcen-
fùs vaporum caufa, quate-
nùs in ipfis vaporibus hæret,
in conatu quodam infito af-
cendendi tali confiftit, quâ
hæ partes per fe itâ rurfum
tenderent, ut femper, nifi
aliquid refifteret, actu afcen-
derent, qualem conatum qui-
dam levitatem dixerunt.
Vapores enim fi fint corpora
gravia, (ut infrà patebit)
id eft fi itâ tendant deorfum,
ut, nifi ab alio impediantur,
actu defcendant, talem ten-
dentiam furfum, five levi-
tatem, fimul habere nequeunt.
Quamquàm enim tendentiæ

Ce concours des Vapeurs à leur élévation, & que nous regardons comme une caufalité qui leur eft adherente, ne confifte pourtant pas en une force interne que les Vapeurs ont pour s'élever, que quelques-uns ont apellée légéreté, fuivant laquelle ces parties tendroient en haut, de façon qu'elles s'éleveroient toujours, fi elles ne trouvoient pas de Corps qui fit réfiftance à leur élévation. En effet, puifque les Vapeurs font des Corps pefans, comme nous le ferons voir dans la fuite, c'eft-à-dire qu'elles ont un tel penchant à defcendre, qu'elles defcendent actuellement, à moins qu'elles ne trouvent quelque autre Corps qui empêche leur chûte, elles ne peuvent avoir en même-tems cette détermination à s'élever qu'on apelle légéreté : car quoique la direction d'un même Corps vers deux termes opposez n'implique aucune contradiction, cependant il n'est pas possible que le même Corps ait en même-tems deux directions qui le portent de telle sorte l'une en haut & l'autre en bas, qu'il fût obligé de suivre en même-tems l'un & l'autre de ces mouvemens, à moins qu'il n'en fût empêché par quelque Corps exterieur ; parce que le Corps qui suivroit ces deux directions, ne rencontrant point d'obstacles, se mouvroit en même-tems vers des termes opposez, & par consequent il seroit en divers lieux dans le même-tems, ce qui emporte une contradiction manifeste. Or il faut nécessairement que les Vapeurs soient des Corps pesans, puisque leur assemblage forme un Corps pesant; c'est pourquoi leur direction interne les porte tellement toujours en bas,

unius ejusdemque corporis versus plagas oppositas nullam involvant contradictionem ; hoc tamen fieri nequit, ut simul idem corpus ità tendat sursum pariter ac deorsum, ut impedimenta externa requirantur, quò minùs uterque motus simul fiat ; moveretur enim tale corpus, remotis impedimentis, versus oppositas plagas simul ; hinc in duobus diversis locis foret simul, id quod contradictionem quamdam involvit. Experientiâ igitur cùm testetur, vapores collectos dare corpus grave, ut ipsi sint corpora gravia necesse est ; ergò ipsi ità tendunt semper deorsum, ut, nisi ab alio impediantur, actu descendant : Cùm igitur contrariæ tales tendentiæ, quæ ambæ à vi externâ impediri debent, quò minùs motum producant, simul in uno subjecto esse nequeant, ut vapores levitate quadam, id est proprio

prio

prio infito conatu quodam, qu'elles defcendent actuellement,
furfum tendant, fieri nequit. toutes les fois qu'elles n'en font
pas empêchées par quelque autre
Corps, & par conféquent deux femblables directions, qui
ne peuvent manquer de produire deux mouvemens contraires, que par les obftacles qui font occafionnés par une force exterieure, ne pouvant fe trouver enfemble dans le même
fujet; il eft impoffible que les Vapeurs montent par un principe de quelque légéreté, c'eft-à-dire par quelque effort interne qui leur foit propre.

§. IX.

Ipfi igitur vapores cùm Puifque donc les Vapeurs, in-
furfum perfe haud tendant, capables de s'élever par elles-mê-
& tamen contrà fuam gra- mes, montent nonobftant leur
vitatem afcendant, ut ab pefanteur, il faut néceffairement
alia, eâque externè applica- qu'elles foient élevées par quelque
tâ vi eleventur neceffe eft. autre force, qui leur foit apliquée
Caufa igitur afcensûs vapo- extérieurement; & la caufe de
rum, quatenùs in ipfis par- leur élévation, en tant qu'elle eft
ticulis hæret, in eo tantùm adherente aux Molécules du corps
confiftit, quòd ipfæ particulæ qui doit être évaporé, confifte feu-
evaporandæ minùs refiftant, lement en ce que la réfiftance de
quàm vis elevans externè ces Molécules eft moindre que la
adhibita agit. force extérieure qui agit pour les
élever.

§. X.

Duplici verò modo cor- Les Corps réfiftent à leur élé-
pora elevationi refiftunt, vation ou par leur propre poids,
pondere nempè vel proprio, ou par un poids étranger, c'eft-à-

B.

dire, par la cohéfion qu'ils ont avec d'autres Corps; il y a donc auffi deux moyens de les rendre propres à l'évaporation : Le premier eft de diminuer leur poids; & le fecond d'enlever tout-à-fait, ou de diminuer autant qu'il eft poffible, la cohéfion qui tient unies à d'autres Corps les Molécules qui doivent s'évaporer.

§. XI.

Les poids des Corps homogenes croiffent & diminuent en raifon directe de leurs grandeurs; c'eft pourquoi les Molécules des Corps homogenes feront d'autant moins pefantes qu'elles feront plus petites; de forte que les Corps qui font divifés en des parties extrêmement déliées, deviennent propres à l'évaporation.

§. XII.

Il eft vrai que la force dont l'impreffion pouffe les Corps & les éléve en l'air diminuë en même-tems que la grandeur des Corps aufquels elle eft apliquée; mais comme les forces élevantes n'agiffent que fur les furfaces, & que

vel alieno, quandò nempè cum aliis corporibus cohærent. Duplici igitur quoque modo corpora ad evaporationem fiunt apta, imminuendo pondus & auferendo, vel imminuendo, quantùm fieri poteſt, cohæſionem particularum evaporandarum cum aliis.

Pondera corporum homogeneorum creſcunt vel decreſcunt in ratione directâ magnitudinum: Ergò particulæ corporum homogeneorum tantò minùs habebunt pondus, quantò ipſæ ſunt minores. Dividendo ergò in partes ſubtiliſſimas, corpora apta fiunt ad evaporationem (§. 10.)

Verùm quidem eſt una cum magnitudine corporum decreſcere quoque vim quæ ſe ſe corporibus applicare, hinc eadem in aërem propellere valet; quià verò vires elevantes ſuperficiebus corporum applicantur, hinc vires elevantes applicatæ decrescunt in ratione superficierum, hæ verò decrescunt tantùm (si corpora supponantur sphærica, vel, sub alia quæcumque figura , similia) in ratione quadratorum diametrorum , dum ipsa corpora corumdemque pondera, in ratione cuborum decrescunt ; facilè patet, vim, quæ magnum corpus elevare haud potest, partes ejusdem minimas elevare posse, quamquàm ipsa vis elevans, etiam cum magnitudine particularum elevandarum decrescat. Sit E. G. diameter sphæræ 100., erit ipsa sphæra ejusque pondus 1000000., ejusque superficies 10000. Sit vis elevans superficiei applicata 1000., & erit corporis resistentia millies major vi elevante. Dividatur corpus in 1000. partes æquales, & erit pondus cujuslibet partis 1000., superficies 100., &

celles-ci, (soit qu'on supose les Corps Sphériques, ou de quelque autre figure que ce soit) diminuënt seulement en raison des quarrés de leurs diamétres, tandis que les Corps, & par conséquent leurs poids, diminuent en raison des cubes, il est facile de concevoir qu'une force insuffisante pour élever un Corps, peut en élever les plus petites parties, quoi qu'elle diminuë proportionnellement à la diminution de grandeur des Molécules qu'elle doit élever. Exemple: Soit le diametre d'un Corps Sphérique cent ; la Sphére même & son poids sera un million, & sa surface sera dix mille. Soit apliquée à cette surface la force élevante mille, la résistance du Corps sphérique sera mille fois plus grande que la force élevante. Si on divise ce Corps en mille parties égales, le poids de chaque partie sera mille, la surface cent, & la force apliquée à la surface dix. En effet, le même raport qui se trouve entre la premiere surface du Corps laquelle étoit 10000. & celle de la

milliéme partie qui eſt 100. ſubſiſ-
te entre la force élevante 1000.
qui pouvoir agir ſur la premiere
ſurface, & cette même force ré-
duite à 10. qui peut être apliquée
à la ſurface d'une milliéme partie.
De ſorte qu'après cette diviſion la
réſiſtance du poids n'eſt que cent
fois plus grande que la force élevante. Soit diviſé le même tout en
1000000. de parties égales, le
poids de chacune de ces Molécules ſera 1. également ſa ſurface ſera 1. & la force élevante qui peut
être apliqué à la ſurface ne ſera que
0. 1. de ſorte que la réſiſtance du
poids excedera ſeulement de dix
fois la force élevante. Soit de re-
chef chaque millioniéme partie
diviſée en 8000. parties égales, le
poids de chaque nouvelle Molé-
cule ſera $\frac{1}{8000}$. ſa ſurface $\frac{1}{400}$.
donc la force élevante aplicable à
cette ſurface $\frac{1}{4000}$. & par conſéquent elle excedera du double le
poids de la Molécule qu'il faut
élever.

vis ſuperficiei applicata 10.:
Ut enim prior ſuperficies to-
tius 10000. ad ſuperficiem
partis milleſimæ 100., ſic vis
quæ priori ſuperficiei applicari
poteſt 1000. ad vim quæ ſuperficiei partis milleſimæ applicari poteſt 10. Adeoque
jam pondus reſiſtens centies
tantum majus eſt vi elevante. Dividatur totum in
1000000. partes æquales,
& erit pondus particulæ 1.,
ſuperficies quoque ejuſdem
1., & vis quæ ſuperficiei
applicari poteſt tantum 0. 1.
adeoque reſiſtens pondus decies tantum majus vi ele-
vante. Si quælibet particula millioneſima denuò in
8000. partes æquales dividatur, erit pondus novæ
particulæ $\frac{1}{8000}$., ſuperficies
ejuſdem $\frac{1}{400}$., ergò vis huic
ſuperficiei applicabilis $\frac{1}{4000}$.
ergò duplo major pondere e-
levando.

§. XIII.

C'eſt de cette façon déduite

Tali modo (§. 11. & 12.)

vis elevans major fit pon-dere elevando in corporibus homogeneis, quæ per se, i. e. sine addito tertio corpore, solo nempè igne & aëre, evaporabilia fiunt, E. G. in mercurio, aqua, gummatibus, spiritu vini, &c. Cùm verò fieri queat, ut corpus in tot partes dividi nequeat, in quot dividendum effet, ut vis elevans major evadat pondere, fieri quoque potest, ut corpus absque addito non fit evaporabile, quamquàm alio corpore evaporabili fit specificè levius. Hinc explicari potest quare salia alcalica fixa non sunt evaporabilia, quamquàm mercurius, quippè multoties sale fixo specificè gravior, evaporari queat.

dans les Paragraphes 11. & 12. que la force élevante devient plus grande que le poids qui résiste à l'élévation, dans les Corps homogenes, qui par eux-mêmes sont susceptibles d'évaporation avec les secours de l'air & du feu, sans avoir besoin du concours d'un troisiéme Corps. Tels sont par exemple, le Mercure, l'Eau, les Gommes, l'esprit de Vin, &c. Cependant comme il est des Corps qui ne peuvent pas être divisez en autant de parties qu'il seroit necessaire pour rendre la force élevante plus grande que le poids, il peut arriver qu'un Corps ne sera pas susceptible d'évaporation s'il n'est joint avec quelque autre, quoique le Corps qui n'est pas susceptible d'évaporation ait plus de légéreté specifique que celui qui en est susceptible. C'est

aussi de là que se tire la raison de ce que les Sels alcalis fixes ne sont pas susceptibles d'évaporation, & que le Mercure, dont la pesanteur spécifique excéde de beaucoup celle du Sel fixe, peut s'évaporer.

§. XIV.

Multo minùs verò ea cor-   Les Corps qui ont beaucoup

plus de pesanteur specifique que ceux qui sont susceptibles d'évaporation, & qui outre cela, ne peuvent pas être divisez en des parties assez petites, pour recevoir l'impression des forces élevantes, ne peuvent pas être dissous en Vapeurs. C'est sur ce fondement qu'on doit expliquer la fixité des Métaux.

pora in vapores mutari poterunt, quæ alio quodam evaporabili sunt specificè graviora, in partes verò satis exiguas dividi nequeunt. Et ex hoc fundamento Metallorum fixitas explicanda erit.

§. XV.

Cependant les Corps, qui d'eux mêmes ne sont pas susceptibles d'évaporation, comme il a été dit dans les Paragraphes 13. & 14. peuvent être changés en Vapeurs, par l'adhésion de quelques autres Corps spécifiquement plus légers qui augmentent à la vérité la grandeur & le poids des Molécules qui ne sont pas susceptibles d'évaporation, mais qui ne les augmentent pas proportionnellement. Lorsque la grandeur des parties a reçu de l'augmentation, la surface se trouve augmentée, & par conséquent la force élevante, qui agit sur la surface; mais il faut que l'augmentation du poids soit en raison moin-

Salia corpora, per se non evaporabilia, (§. 13 & 14.) in vapores tamen mutari queunt, si ipsis alia corpora specificè leviora adhæreant, quibus particularum non evaporabilium magnitudo quidem & pondus, non tamem proportionale augentur. Magnitudine partium auctâ, augetur quoque superficies, hinc vis elevans quæ in superficiem agit. Minori igitur ratione ut pondus crescat necesse est, quàm superficies, si vis elevans pondere major evadere debeat. Sit corpus elevandum Sphærâ, ejus diameter 10.

& erit pondus corporis 1000. *superficies verò* 100. ; *fit porrò vis elevans superficiei proportionata itidem* 100., *nec poterit corpus elevari, decies enim pondus vi elevante majus est. Dividatur corpus in mille partes æquales, & erit tam diameter quàm pondus & superficies partis millesimæ, hinc & vis superficiei ejus applicanda* 1. *Hinc nec millesima corporis particula elevari poterit, quià resistens pondus vi elevanti est æquale.*

dre que celle de la surface, afin que la force élevante puisse l'emporter sur le poids. Soit le Corps qui doit être élevé une Sphére, dont le diametre sera 10., le poids 1000., la surface 100. Soit la force élevante proportionnée à la surface 100., dans cette supofition le Corps ne pourra pas être élevé, puisque son poids est dix fois plus grand que la force élevante. Si l'on divise ce Corps en mille parties égales, le diametre, le poids & la surface de chaque milliéme partie, & par conséquent la force élevante qui doit être apliquée à cette surface seront 1. & cette milliéme partie du Corps ne pourra pas être élevée, puisque la résistance du poids est égale à la force élevante.

Quòd si igitur hæc pars millesima, viribus artis vel naturæ, in minores dividi nequeat, erit non evaporabilis per se. Sit jam aliud corpus, cujus gravitas specifica sit ad gravitatem specificam particulæ per se non evaporabilis, ut 1. *ad* 8. : *Hujus levioris corporis partes* 7. *ad-*

Il suit de là que cette milliéme partie n'est point susceptible d'évaporation par foi-même, si par les forces de l'Art ou de la Nature, elle ne peut pas être foudivisée en des parties plus petites. Mais si l'on donne un autre Corps, dont la gravité spécifique soit à l'égard de la gravité spécifique de la Molécule, qui par foi-même n'est pas susceptible d'évaporation, comme 1. à 8. & que par l'adhésion de sept parties de ce Corps plus leger à cette Molécule, non susceptible d'évaporation, dont la grandeur sera 8, le poids 1 $\frac{7}{8}$. & la surface 4. alors la force aplicable à cette surface sera 4. & par conséquent elle excedera plus de deux fois le poids 1, $\frac{7}{8}$. qu'il faut élever. C'est ainsi qu'une Molécule, incapable par soi-même d'évaporation, est changée en vapeur, par l'adhésion d'un autre Corps spécifiquement plus léger, distribué dans une proportion convenable.

hærant particulæ non evaporabili, & erit compositi magnitudo 8. pondus 1 $\frac{7}{8}$., superficies 4., hinc & vis quæ superficiei applicari potest 4., ergò plus quàm duplo major pondere elevando. Particula ergò quæ sibi relicta evaporari nequit, in vaporem mutatur, si ipsi tale specificè levius, decenti quantitate adhæreat.

§. XVI.

Les exemples propres à confirmer cette vérité se tirent.

A) De l'Or, qui peut être rendu volatil, au moyen d'un esprit, composé de Sel Ammoniac & de Nitre, suivant le raport de Sthall (*fumdam. Chim. part. special. artic. 1. cap. 5. §. 43.* dont voici les paroles.) il est remarcable dans le Sel Ammoniac, qu'étant mêlé avec le Nitre, & mis sur le feu, il s'enflamme quelque peu, si l'operation se fait à decouvert; mais

Exempla quæ hùc spectant sunt:

A) *Aurum, quod referente Stahlio (Fund. Chim. part. special. art. 1. cap. 5. §. 43.) per spiritum, ex sale ammoniaco & nitro paratum volatile reddi potest: Inquit nempè:* » *Notabile* » *est in sale ammoniaco, quòd* » *nitrum commixtum & ig-* » *ni admotum, flammam* » *aliquam concipiat, si in* » *aperto.*

» *aperto tractetur; in occluso*
» *v. g. retorta tabulata, fu-*
» *mum talem copiosum eruc-*
» *tet, qui in Recipiente liquo-*
» *rosam consistentiam ran-*
» *ciscitur, & in spiritum col-*
» *ligitur aurun solventem*
» *& valdè attenuantem,*
» *ità ut digestione & coho-*
» *bits repetitis in volatilem*
» *substantiam id ipsum ele-*
» *vet secum, & transtillare*
» *faciat.* «

B) *Ferrum & lapides
hæmatites, quæ, sale am-
moniaco mixta, volatilia
fiunt.*

si c'est dans un vase fermé, par
exemple dans une cornüe bien
planchée, il en sort une fumée si
copieuse, qu'elle acquiert dans le
récipient la consistence de liqueur
& se rassemble en un esprit qui dis-
sout l'Or & en attenüe considérablement les parties, de sorte que
par le moyen de la digestion, &
des fréquentes cohobations, il
l'éléve avec soi en substance volatile & le résout en Vapeur.

B) Le second exemple se tire
du Fer, & de la Sanguine, qui
deviennent volatils par leur mê-
lange avec le Sel Ammoniac.

§. XVII.

*Cùm corpora per se fixa ad-
ditis specificè levioribus, volatilia reddi queant, simili
planè modo volatilium corporum volatilitatem augere
licebit. Sic Mercurius, dum
additis salibus acidis salis
communis, in Mercurium
sublimatum mutatur, lenio-
ri adhibito igne, & breviori tempore in aërem transit,*

Puisque les Corps qui sont fixes
de leur nature, peuvent être vola-
tilisez par leur adhésion à d'autres
Corps spécifiquement plus légers
on pourra par le même moyen
augmenter la volatilité des Corps
volatils. C'est ainsi que le Mercure, lorsqu'on y ajoute les Sels acides du Sel commun, se change en
Mercure sublimé avec un feu plus
modéré, & passe dans l'air plus

C

promptement que le Mercure crud d'un poids égal : ce qui a également lieu à l'égard du Cinabre, parce qu'il est composé de Soufre & de Mercure.

quàm Mercurius crudus ejusdem ponderis. Id quod etiam de Cinnabari valet, quippè quæ ex sulphure & mercurio componitur.

§. XVIII.

Mais comme les Corps volatils plus légers rendent volatils, par leur cohésion, les autres Corps fixes, comme il se voit dans les Paragraphes 15. & 16. que même quoiqu'ils soient plus pesans, pourvû qu'ils soient volatils, ils en augmentent la volatilité, selon le Paragraphe 17. par une raison contraire, ces Corps volatils plus légers, par leur union avec des Corps plus pesans, deviennent fixes, ou moins volatils qu'ils ne l'étoient dans leur état naturel. Exemple : soient donnés deux Corps, dont l'un à raison de sa grandeur sera 8. & l'autre 1. d'une pesanteur absoluë ou d'un poids égal ; par exemple 16. ils seront à raison de leurs surfaces dans la proportion de 4. à 1. Si ces deux Corps sont unis ensemble leur poids sera de 32. & leur surface

Quemadmodum verò corpora levia volatilia, alia fixa, hisce cohærendo reddunt volatilia (§. 15. & 16.) vel graviora quidem, volatilia tamen, mutant in magis volatilia, (§. 17.) sic contrà, ipsa ista leviora volatilia, unione cum gravioribus fiunt vel fixa, vel minùs volatilia quàm erant sibi relicta. Sint duo corpora, alterum ratione magnitudinis 8. alterum 1. gravitate absoluta, seu pondere æqualia, v. g. 16. erunt ratione superficierum ut 4. ad 1.: Cohæreant hæcce inter se, & erit pondus unitorum corporum 32., superficies verò minor quàm 5. Sit porrò vis quæ superficiei levioris corporis sibi relicti, pro elevatione in aërē

obtinenda, applicari potest
=24., & erit vis quæ su-
perficiei corporum unitorum
applicari potest paulò minor
quàm 30. (sunt enim homo-
geneæ vires, superficiebus ap-
plicandæ, in ratione superficierum (S. 12.) ergò minor
pondere elevando, adeòque
corpus evaporabile per se, cohæsione cum non evaporabili
mutatur in fixum. Quòd si
verò duo corpora ratione pon-
derum sint æqualia, v. g. 16.
ratione magnitudinis ut 27.
ad 8., vis specificè leviori applicanda 30. erunt superficies
ut 9. ad 4.: Uniantur hæcce
corpora, & erit pondus compositi 32., superficies ejusdem minor quàm 12.: Ergò
vis, huic superficiei pro elevatione applicanda, minor
quàm 40. Tali vi potest quidem pondus 32. elevari; est
verò hæc vis elevans quartâ
tantùm parte podere elevando
major, cum si specificè levius
sibi relictum 16. à vi 30. ele-

moindre que 5. Soit aussi donnée
une force, qui étant égale à 24.
apliquée à la surface du Corps le
plus léger, auroit été suffisante
pour l'élever en l'air ; & que cette
force qui doit être apliquée à la
surface des deux Corps unis, soit
un peu moindre que 30. (car les
forces sont homogenes, proportionnellement aux surfaces, ausquelles elles doivent être appli-
quées, suivant le Paragraphe 12.)
elle sera donc moindre que le
poids qu'elle doit élever ; ainsi le
Corps par soi-même susceptible
d'évaporation, devient fixe par sa
cohésion avec un Corps qui n'en
est pas susceptible Supposons à
présent que les poids de ces deux
Corps soient en raison égale ; par
exemple 16. & les grandeurs en
raison de 7. à 8. Suposons aussi que
la force aplicable au Corps spécifiquement le plus léger soit 30. &
les surfaces comme 9. à 4. après
l'union de ces deux Corps, le
poids du composé sera 32. & sa
surface moindre que 12. conséquemment la force qui doit être

apliquée à la furface de ce com-
pofé, pour parvenir à fon élévation, fera moindre que 40. cette
force fuffit à la vérité pour élever
le poids de 32. mais la force élevante n'excéde que d'une quatrié-
me partie le poids qu'il faut élever ; au lieu que fi le Corps
fpécifiquement plus léger avoit refté dans fon état naturel,
16. étant élevé par la force 30. la force élevante l'empor-
teroit prefque du double fur le poids. Donc les Corps fufceptibles d'évaporation , le deviennent beaucoup moins,
par leur adhéfion à un Corps fixe.

varetur, vis elevans duplò
ferè major effet refiftentiâ :
Ergò evaporabilia fiunt mí-
nùs talia, fi corpori fixo ad-
hæreant.

§. XIX.

Les exemples qui prouvent que
les Corps volatils deviennent fixes
par leur cohéfion avec des fixes
font.

Exempla quæ probant cor-
pora volatilia cohæfione cum
fixis fieri fixa, funt :

1°. Les Sels acides des efprits
acides , lorfque par leur cohéfion
avec le Sel de Tartre , ils font
changés en des Sels moyens. En
effet on ne peut rendre volatils ni
le Tartre Vitriolé , ni le Nitre, ni
le Sel commun, fi on les laiffe
dans leur état naturel; quoique les
efprits acides du Vitriol , du Nitre
& du Sel commun, foient volatils.

1°. *Salia acida fpirituum*
acidorum, quandò, cohæfio-
ne cum fale tartari, in falia
mutantur media , nequa-
quam enim vel tartarus vi-
triolatus , vel nitrum, vel
fal commune, fibi relicta vo-
latilia fieri queunt, quam-
quàm fpiritus acidi vitrioli ,
nitri & falis communis, fint
volatiles.

2°. Les Souffres. Car quoique

2°. *Sulphura ; quamquàm*

enim principium istud mate-
riale, quod Sulphur appella-
tur, in regno animali vege-
tabili & minerali sibi sit pla-
nè simile, uti in chimicis ex
mutatione sulphuris unius
regni in sulphur alterius de-
monstrari potest, & sulphu-
ra in regno vegetabili & a-
nimali, immò quoque quæ-
dam sulphura in regno mine-
rali, ut sulphur commune,
sint inflammabilia, hinc e-
vaporabilia; sulphur tamen,
quatenùs metallis, præcipuè
auro & argento adhæret,
minimè evaporabile reddi
vel inflammari potest.

le principe materiel qu'on nomme Souffre, soit parfaitement le même dans les trois regnes, Animal, Vegetal & Mineral, (ce qui peut se démontrer par la transmutation que les Chimistes font du Souffre d'un regne en celui d'un autre) quoique les Souffres du regne Animal & Vegetal, aussi bien que quelques-uns du regne Vegetal, soient inflammables, & par conséquent, susceptibles d'évaporation; cependant le Souffre adherant aux Métaux, principalement à l'Or & à l'Argent, n'est susceptible ni d'évaporation ni d'inflammation.

§. XX.

Corpora magno gradu vo-
latilia, cohæsione cum minùs
volatilibus, vel etiam fixis,
fieri minùs volatilia, multis
exemplis probari potest. Sic:

Les Corps qui sont volatils dans un degré éminent, peuvent perdre de leur volatilité, par leur cohésion avec des Corps ou fixes ou moins volatils, ce qu'on peut prouver par plusieurs exemples.

1°. Ipsæ ignis particulæ,
quæ sibi relictæ, quales sunt
in foco vitri caustici, in mo-
mento in aërem transeunt,

1°. Les particules du feu (qui, lorsqu'elles ont leur liberté, comme dans le foïer du miroir ardent passent dans l'air à l'instant,) sont

retenuës en plus grande quantité
dans les Corps, auſquels elles ſont
adhérentes, à proportion de la
peſanteur ſpécifique dès mêmes
Corps. C'eſt pourquoi les Corps
ſpécifiquement les plus peſans,
tels que ſont les Métaux, & les
Pierres, non-ſeulement conſer-
vent long-tems leur embraſement
& leur chaleur, mais encore ils
contiennent une ſi grande quantité de particules ignées, lors même
qu'ils ſemblent froids à l'attouche-
ment, qu'il ſuffit d'un frottement
véhément, & fréquemment réï-
teré, pour leur rendre la chaleur
& l'embraſement qu'ils avoient
perdu.

2°. Il en eſt de même dès parties
de l'Eau, qui s'évaporent toutes
dans tous les lieux où l'air a un libre accès, ſans avoir beſoin de la
cohéſion des autres Corps, mais
qui ne paſſent point dans l'air, à
moins qu'elles n'y ſoient détermi-
nées par un degré conſidérable de
chaleur, ſi elles ſe trouvent en
cohéſion.

A) Ou avec dès Sels alcalis

*tantò majori copiâ retinentur
à corporibus, quò ipſa corpora, quibus adhæret ignis,
ſunt ſpecificè graviora. Hinc
eſt quòd corpora ſpecificè graviora, ut metalla & lapides,
non ſolùm incandeſcentiam
& calorem diù conſervant,
ſed & tametſi frigidâ ſint
ad contactum, tantam ta-
men particularum ignearum
adhuc continent copiam, ut
ſolâ forti & frequenter reite-
ratâ concuſſione, calida, immò candentia reddi queant.*

*2°. Aquæ quoque partes,
quæ, ſi inter ſe tantùm cohæreant, omnes in loco quocumque, ad quem liberius
aër accedit, evaporant, non
tranſeunt in aërem, niſi inſignis accedat caloris gradus,
ſi cohæreant.*

A) *Vel cum ſalibus al-*

ealicis fixis, ut in oleo tar-
tari p. d.

B) *Vel cum copiofis acidis*
falibus & paucis metallicis
particulis, ut in oleo vitrioli.

C) *Vel cũ terreftribus par-*
tibus, ut in offibus & lig-
nis; tametfi enim hæc ultima
corpora ad fenfum queque
fiant ficca, copiofas tamen
adhuc aqueas partes conti-
nent, ut deftillatione offium
& lignorum exficcatorum
difcimus.

3°. Salia urinofa volati-
lia, quæ quoufque libera funt,
abfque calore fenfibili in aë-
rem tranfeunt, fiunt minùs
volatilia, fi cum acido falis
communis in fal ammonia-
cum, vel cum acido nitri in
fal ammoniacale mutantur;
hæc enim ammoniacalia fa-
lia abfque igne non funt
volatilia; immò eadem uri-
nofa cum acido olei vitrioli
dant fal medium ammonia-

fixes, comme avec l'Huile de Tartre par défaillance.

B) Ou avec une quantité copieufe de Sels acides, mêlés avec
très peu de Molécules métalliques
comme avec l'Huile de Vitriol.

C) Ou avec des parties Ter-
reftres, comme avec des Offe-
mens & du Bois ; car quoique ces
derniers Corps paroiffent fecs à
nos fens, ils font encore chargés
d'une quantité copieufe de parties
aqueufes ; comme on peut s'en
convaincre par la diftillation des
Os, & du Bois defféché.

3°. Les Sels urineux volatils,
qui n'ont befoin d'aucune chaleur
fenfible pour paffer dans l'air, tandis qu'ils font dans leur liberté,
deviennent moins volatils, s'ils font
changez en Sel Ammoniac, avec
l'acide du Sel commun, ou en Sel
Ammoniac avec l'acide de Nitre.
Ce qui provient de ce que ces Sels
Ammoniacaux, fans le fecours
du feu, ne font pas volatils. On
peut auffi remarquer que ces Sels
urineux, mêlés avec l'acide d'Hui-

le de Vitriol, donnent un Sel moyen Ammoniacal, dont la plus grande partie est presque fixe.

4°· Les Sels acides des esprits acides, principalement l'acide du Nitre, & celui du Sel commun, s'exhalent à l'air libre sans le secours du feu; mais s'ils se trouvent unis avec le Mercure ou avec l'Argent, l'action du feu devient nécessaire pour les rendre volatils.

5°· L'inflammabilité des Corps sulfureux, qui est le principe de leur évaporation, est considérablement diminuée par leur union avec un Corps fixe. C'est ainsi que le papier ne prend feu qu'avec peine, lorsqu'il a été imbibé d'Huile de Tartre par défaillance, & ensuite desséché. Bien plus, si on double la dose de cette recette & qu'après l'avoir faite fondre & rougir, on y jette des charbons coupés à morceaux, non-seulement ces charbons ne s'embrasent pas, mais encore dans ce sel fondu il se forme un véritable souffre commun, lequel, tandis qu'il demeure uni avec ce Sel, rougit seu-

cale, maximam partem ferè fixum.

4°· Spirituum acidorum salia acida, præcipuè acidum nitri & salis communis, in aëre liberiori, absque igne quoque exhalant, mercurio verò vel argento connexa, non nisi ope ignis sunt volatilia.

5°· Sulphureorum quoque corporum inflammabilitas, hinc evaporabilitas insigniter imminuitur, si corpori jungantur fixo. Sic charta, oleo tartari p. d. humectata, rursusque exsiccata vix accendi potest; &, si arcano duplicato fuso & candenti adjiciantur carbonum frustula, non solùm carbones non accendunt, sed & in ipso hoc sale fuso generatur sic verùm sulphur commune, quod verò, quousque huic sali junctum est, in sat vehementi igne non ardet, tametsi candeat.

Ex

lement fans brûler, quoiqu'on le mette dans un feu affés violent.

§. XXI.

Ex hactenus dictis fatis patet, totam caufam, quâ corpora fieri queunt volatilia, & quatenus in ipfis haret particulis evaporabilibus, in earundem harere exiguitate, quæ tamen, pro ratione ponderis, diverfa effe poteft.

Cùm igitur refolutione corpora in minutas minutiffimafque dividantur partes, refolutio quoque inter caufas, remotas tamen, evaporationis erit referendâ. Ob id ipfùm verò, quià refolutio eft præcedens tantùm caufa evaporationis, & ad ipfùm evaporationis actum nihil planè confert, puto eam non fuiffe mentem Illuftris Accademiæ, ut qui afcenfum Vaporum explicat, refolutionis quoque corporum fimul exponat modum: Sed fufficere credo, fi

Il réfulte de ce que nous avons dit jufqu'àpréfent, que toute l'influence que l'on peut attribuer aux Molécules mêmes fufceptibles d'évaporation, dans ce qui peut rendre les Corps volatils, confifte feulement dans la petiteffe de ces Molécules, laquelle peut pourtant être différente, proportionnellement à l'inégalité de leur poids.

On peut ajouter que puifque la diffolution dés Corps les divife en parties extrémement déliées, elle doit être mife au nombre des caufes éloignées de l'évaporation. Mais comme la diffolution ne peut être regardée que comme une caufe précédente, & qu'elle ne contribuë pas à l'acte même de l'évaporation, je ne penfe pas que cette Illuftre Academie veuillé exiger qu'en expliquant la maniere dont fe fait l'élévation dés Vapeurs, on explique auffi comment fe fait la diffolution des Corps; mais je crois qu'à l'égard de la dif-

D

solution il fuffira de raporter feulement ce qui eft conftaté par l'experience.

quod ad hanc caufam, refo-lutionem nempè, ea tantùm quæ per experientiam conf-tant, afferantur.

§. XXII.

J'avance donc, comme des chofes connuës par experience Phifique:

1°. Que le feu diffout les Corps & qu'il en eft plufieurs dont il attenuë tellement les parties, qu'elles font affez petites pour s'évaporer.

2°. Que tandis que les Molécules des Corps déliées & propres à l'évaporation font environnées par le feu, elles n'ont que très peu de cohéfion entr'elles, ni avec les autres Molécules.

3°. Que la fluidité de l'Eau eft caufée par le feu.

4°. Que par cette raifon les parties de l'Eau chaude ont moins de cohéfion entr'elles que celles de l'Eau froide, comme nous l'avons dit Paragraphe 3. & 4.

5°. Que l'Eau principalement lorfqu'elle eft chaude, diffout les Sels, les Corps Salins, & les

Affumo igitur tanquàm notum per experientiam phi-ficam:

1°. Ignem refolvere cor-pora, & quidem multa in partes adeo minutas, ut ad evaporationem fint fatis exi-guæ.

2°. Quòufque ignis mi-nutas & ad evaporationem aptas corporum particulas ambit, eòufque iftas inter fe & cum aliis particulis parùm admodùm cohærere.

3°. Aquæ quoque fluidi-tatem effe ab igne.

4°. Aquæ hinc calidæ par-tes minùs inter fe cohærere, quàm frigidæ aquæ partes, (§. 3. & 4.)

5°. Aquam quoque, præ-cipuè calidam, refolvere fa-lia, corpora falina & terref-

tria non nimis solida.

6°. *Salia quoque tam a-
cida, quàm urinosa, resol-
vere quædam corpora, idque
majori gradu, si decente
quantitate, in aqua hæreant
calida, quàm si in aëre tantùm volitent.*

7°. *Aërem quoque resolu-
tionem corporum augere, quatenus in interstitiis particularum minimarum aliùs cu-
jusdam corporis hæret, &,
elasticitate suâ, particulas
ambientes constanter separare
conatur. Actualis tamen re-
solutio, à solo aëre nunquàm
fit, sed tunc demùm aër separat particulas corporum ambientes, si harum cohæsio, ab
alio solvente priùs imminua-
tur, vel aëris inclusi elater
per calorem accedentem au-
geatur, vel utrumque fiat
simul.*

Corps Terreſtres qui ne ſont pas
trop ſolides.

6°. Que les Sels, ſoit acides
ſoit urineux, diſſolvent certains
Corps, & que cette diſſolution
eſt portée à un plus haut degré,
ſi les Sels en ſuffiſante quantité,
ſont adhérens à l'Eau chaude, que
s'ils ne font que voltiger dans l'air.

7°. Que l'air augmente auſſi la
diſſolution des Corps, en tant
qu'il s'arrête dans les interſtices
des plus petites Molécules de quelqu'autre Corps, & que par ſon
élaſticité, il fait, pour en ſéparer
les Molécules environnantes, un
effort continuel. Cependant l'air
ſeul n'opére jamais la diſſolution
actuelle ; mais afin qu'il ſépare les
Molécules environnantes des
Corps, il faut, ou que la cohéſion de ces Molécules ait été aupa-
ravant diminuée par un autre diſ-
ſolvant, ou que la chaleur interve-
nante augmente l'élaſticité de l'air
renfermé, ou que l'une & l'autre
de ces deux choſes concourent
enſemble.

§. XXIII.

Après avoir suffisamment parlé des causes, dont l'une, qui consiste dans la dissolution des Corps suivant le Paragraphe 21. peut être regardée comme la cause précédente, & l'autre qui consiste dans la petitesse des parties qu'il faut élever, peut être dite une cause efficiente concomitante de l'évaporation, il nous reste à examiner les causes proprement dites de l'élévation des Vapeurs.

Absolutis jam iis quæ partim tanquàm causa præcedens, partim tanquàm concausa efficiens considerari possunt, quorum prius in resolutione corporum, (§. 21.) alterum in exiguitate partium elevandarum consistit, ipsæ quoque causæ elevantes considerandæ veniunt.

§. XXIV.

Nous avons ci-devant prouvé Paragraphe 5. & 6. que le feu & l'air devoient être mis au nombre des causes de l'évaporation. Nous ajoutons même que toute la force élevante des Vapeurs réside dans le feu & dans l'air, puisque l'expérience nous aprend, qu'il ne faut que leur présenter un Corps susceptible d'évaporation, pour parvenir à le faire évaporer ; & que d'ailleurs nous avons vû dans le Paragraphe 8. que le Corps est à la vérité capable de résister à l'élévation de ses Molécules, mais

Suprà evicimus ignem & aërem inter causas evaporationis esse numerandos ; (§. 5. & 6.) immò cùm his præsentibus, experientiâ teste, nil nisi corpus evaporabile, pro obtinenda evaporatione, requiratur, hoc verò ascensum suarum particularum impedire quidem, non verò efficere valeat, (§. 8.) omnis vis elevans vaporum in igne & aëre est quærenda.

qu'il ne peut pas l'opérer.

§. XXV.

Cùm omnia corpora agant in alia, vel cum motu, vel fine motu, & hoc, fi fit actio, fiat vel ob aliud externum premens, vel ex gravitate, vel ex cohæfione; de igne quoque & aëre, tàm conjunctim quàm feorfim, inquirendum erit, nùm elevationem vaporum præftent agendo in partes evaporabiles, cum vel fine motu, & fi hoc fit, nùm actio fiat vel ex preffione externi cujufdam corporis, vel ex pondere, vel ex cohæfione.

Tous les Corps agiffent fur d'autres Corps ou avec mouvement, ou fans mouvement, & fi c'eft fans mouvement, leur action provient ou de la preffion de quelqu'autre Corps extérieur, ou de la pefanteur, ou de la cohéfion des Corps agiffans. Il faut donc porter nos recherches fur le feu & l'air, agiffans ou conjointement ou féparément pour élever les Vapeurs, pour favoir s'ils opérent en agiffant fur les parties fufceptibles d'évaporation, avec mouvement ou fans mouvement; & en ce dernier cas, fi leur action provient de la preffion de quelque Corps extérieur, ou de leur poids, ou de leur cohéfion.

§. XXVI.

Ignis purus, qualis eft in foco vitri cauftici, ab alio impellente (quatenus nempè hoc in motu conftitutum in igne agit) propelli, vel de loco moveri haud poteft. Probat hoc ifte conus, quem radii folares poft vitrum caufticum formant; quòcumque enim cor-

Le feu pur, tel qu'il eft dans le foyer du miroir ardent, ne peut être chaffé ni remué de fa place par quelqu'autre Corps qui le pouffe (de façon que ce Corps mis en mouvement agiffe fur le feu.) Cela fe prouve par le Cone que les rayons du Soleil forment derriere le miroir ardent; car quelque corps que vous employés pour pousser ce Cone, vous ne le ferez jamais changer de place : donc le feu pur n'agit point sur les Corps, en tant qu'il est poussé lui-même par un autre Corps mis en mouvement.

pore istum lateraliter impellas, nunquàm eundem è loco dimovebis : Ergò ignis purus non agit in corpora, quatenus ipse ab alio corpore in motu constituto propellitur.

§ XXVII.

Lorsque le feu est en cohésion avec les Molécules d'un autre Corps, ce qui se voit dans la flamme, il peut à la vérité, être poussé par quelque autre Corps mis en mouvement, mais la pénétration du feu dans les autres Corps ne peut pas provenir de cette impulsion seule, puisque les Phénoménes causez par la pénétration du feu dans les Corps sont contraires à ceux qu'on observe dans un fluide, qui agit par la pression ou l'impulsion qu'il reçoit d'un autre corps. En effet, puisque les parties de la flamme n'ont entr'elles qu'un très-petit degré de cohésion, elles devroient étant pressées, s'échaper de toutes parts & par conséquent, vers les Corps environnans, dans lesquels elles trouveroient le moins de résistan-

Ignis cum particulis aliùs corporis cohærens, v. g. flamma, ab alio corpore in motu constituto pelli quidem potest; ast ex hac propulsione sola penetratio ignis in alia corpora derivari nequit, contraria enim sunt phænomena ignis penetrantis in corpora iis phænomenis, quæ in fluido agente, quatenus ab alio corpore premitur vel pellitur, observantur. Flammæ enim partes, quippè minimo inter se cohærentes gradu, pressæ quaquà versùs tendere, hinc in ista corpora ambientia, in quibus minima erit resistentia, id est in corpora magis porosa, sive specificè leviora, maximâ quantitate penetrare deberent : Experientia ve-

rò docet, ignem citiùs & majori copiâ, ex corpore quocumque calido, in corpora specificè graviora penetrare, quàm in leviora; (id quod videmus, si conus metallicus solidus calidus immittatur alio cono metallico crasso cavo & frigido, intrà unum enim minutum primum prior suum amittet calorem, quem tamen in aëre per dimidiam ferè horam conservare valet.) Hinc cùm ignis in ea corpora maximâ penetret quantitate, & simul brevissimo tempore, in quibus, si tanquàm corpus pressum penetraret, maximam sentiret resistentiam, hinc in quæ minimâ quantitate & tardè admodùm penetrare deberet, hæc ignis penetratio ex solâ vi impellente externâ derivari nequit.

ce ; c'est pourquoi elles devroient pénétrer en plus grande quantité dans les Corps les plus poreux, ou dans ceux qui auroient une plus grande légéreté spécifique. Cependant l'expérience nous aprend que le feu, qui sort de quelque Corps chaud que ce soit, pénétre plus promptement, & en plus grande abondance, dans les Corps les plus pesans que dans les Corps les plus légers ; nous en avons l'expérience, dans un Cone métallique solide chaud, qui inféré dans un autre Cone métallique épais, creux & froid, perdra sa chaleur dans la premiere minute, au lieu qu'il l'auroit conservée dans l'air, pendant près de demi-heure. De sorte que le feu pénétrant en plus grande abondance & plus promptement, dans les Corps, dans lesquels, s'il pénétroit par la pression d'un Corps étranger, il trouveroit une très-forte résistance, & dans lesquels par conséquent sa pénétration devroit être beaucoup moindre & plus tardive, on ne peut pas dire que la pénétration du feu tire sa source de l'impulsion d'un Corps extérieur.

§. XXVIII.

La difpute n'eft pas encore ter-
minée entre les Chimiftes pour
favoir fi le feu eft un Corps pefant.
Quoique je fache avec certitude
qu'il l'eft, cependant comme fa
pefanteur eft au moindre degré,
elle ne peut agir que fort foible-
ment ; & à fupofer même que fa
pefanteur fût exceffive, on ne fau-
roit lui attribuer la pénétration du
feu dans les Corps ; quand ce ne
feroit que par cette feule raifon,
que le feu pénétre les Corps fupe-
rieurs, du moins auffi promptement, & en auffi grande abondance, (pour ne rien dire de plus)
que ceux qui font au deffous de
lui, contre la régle établie pour
les actions qui émanent de la pefanteur, lefquelles ne tendent jamais en haut.

Nùm ignis fit grave cor-
pus, inter Chimicos adhuc lis
eft. Quamquàm verò ipfe
certus fim, ignem effe corpus
grave, minima tamen ejus
erit gravitas, hinc nonnifi
debilis effectus ex eadem po-
terit derivari : Et fi maxima
effet, penetratio tamen ignis
in corpora ex eadem deduci,
vel ideò tantùm, haud pof-
fet, quià in corpora igne fu-
periora, fi non majori, fal-
tem æquali celeritate &
quantitate penetrat, ac in eâ
quæ funt infrà ignem ; actio
verò versùs fuperiora, non
eft ex gravitate, fed contrà
eandem.

§. XXIX.

Conféquemment, puifque les
actions du feu fur les Corps ne
peuvent provenir, ni de la preffion
ni de la feule impulfion d'une force extérieure, comme il a été démontré, Paragraphe 27, ni du

Cum igitur actiones ignis
in corpora nec ex vi externa
premente vel impellente folâ,
(§. 27.) nec ex pondere ip-
fius ignis, (§. 28.) deriva-
ri queant, ignis aget in cor-
pora,

pora , quatenus iisdem ad-hæret: (§. 25.) Quicquid igitur ignis, etiam tanquàm causa evaporationis efficit, primario cohæsione suâ, partim cum evaporando corpore, partim cum aëre, partim cum utrisque simul efficiet.

poids du feu, comme on l'a prouvé dans le Paragraphe 28. le feu doit agir sur les Corps par son adhérence avec eux. Paragraphe 25. Il faut donc attribuer tous les effets du feu, même lorsqu'il agit en qualité de cause de l'évaporation, principalement à sa cohésion, en partie avec le Corps qui se doit évaporer, en partie avec l'air, en partie avec l'un & l'autre ensemble.

§ XXX.

Notissima hodiernis Physicis aëris sunt vires. Agit nempè in corpora

Les forces de l'air sont aujourd'hui fort connuës aux Phisiciens, qui ont découvert que l'air agit sur les Corps

1°. Pondere suo; & est gravitas specifica aëris ad gravitatem specificam aquæ circiter ut 1. ad 922.

1°. Par son poids : & que la pesanteur spécifique de l'air est à la pesanteur spécifique de l'eau environ dans la raison de 1. à 922.

2°. Elatere suo; qui

2°. Par son ressort qui

A) In statu naturali semper ponderi naturali aëris, elastico aëri incumbentis, est æqualis.

A) Dans son état naturel est toujours égal au poids naturel de l'air, qui tombe sur un air élastique.

B) In statu extraordinario verò, sub eodem caloris gradu, tantò major est, quò magis aër est compressus, &

B) Mais qui dans un état non ordinaire, quoique dans le même degré de chaleur, est d'autant plus grand que l'air est plus comprimé

E

& qui au contraire, est moindre à proportion que l'air est comprimé par une moindre force ; car,

C) L'élasticité, ou le ressort de l'air, est toujours égal à la force qui le comprime , &

D) Les espaces que l'air occupe dans les differentes compressions, ausquelles il est assujetti, sont en raison inverse des forces qui le compriment.

3°. L'air agit sur les Corps par son mouvement, de quelque cause qu'il provienne : Or l'expérience nous aprend que tous les Corps agissent avec plus d'impetuosité, lorsqu'ils sont déja mis en mouvement, que lorsque ces mêmes Corps ne pressent que selon la force qui a produit leur mouvement. De sorte que les fluides spécifiquement plus légers mis en mouvement, élévent des Corps spécifiquement plus pesans, qu'ils n'auroient jamais pû élever par leur propre poids. C'est ainsi que les parties déliées de la Terre sont élevées en grande quantité par

contrà tantò minor, quò minor est vis comprimens aërem: Semper enim

C) Elasticitas aëris vi comprimenti est æqualis , &

D) Spatia , quæ idem aër sub diversis viribus comprimentibus occupat, sunt in ratione inversâ virium comprimentium.

3°. Motu suo, à quacumque causâ excitato. Docet verò experientia, omne corpus in motu constitutum majore agere impetu quàm idem corpus, si eâdem vi premat tantùm quâ motum produxit. Immò fluida specificè leviora in motu constituta elevant corpora specificè graviora , quæ pondere suo elevare haud poterant. Sic ventorum impetu minutæ terræ partes magnâ copiâ in aërem elevantur, & corpora satis crassa , in vase aquâ repleto, motu aquæ elevantur, quæ *pondere horum fluidorum elevari haud possunt.*

l'impetuosité des Vents : C'est ainsi que dans un vase rempli d'eau, des Corps assez épais sont élevez par le mouvement de l'eau, quoique le poids de ces fluides ne soit pas suffisant pour opérer l'élévation de ces Corps.

4°. *Cohærendo cum aliis corporibus, quo fit, ut, cùm cohæsio sit actio, & omnis actio æqualem habeat reactionem, tantùm corpora versùs aërem reagant, quantùm ipse in corpora agit.*

4°. L'air agit par sa cohésion avec les autres Corps ; d'où il arrive que la cohésion étant une action, & la réaction étant toujours égale à l'action, la réaction des Corps à l'égard de l'air se trouve égale à l'action de l'air sur les Corps.

§. XXXI.

De elatere aëris adhuc constat, istum calore insigniter augeri, adeòque aërem calore expandi. Hinc

Outre cela il conste que le ressort de l'air est considérablement augmenté par la chaleur, & conséquemment que la chaleur dilate l'air : De sorte que

1°. *Aër corporibus inclusus, si calefiat, expansione suâ vel actu separat partes corporis cohærentes, vel minimùm vim aliam resolventem insigniter auget.*

1°. Si l'air renfermé dans les Corps est échauffé, ou il sépare actuellement par sa dilatation les parties du Corps qui ont de la cohésion entr'elles, ou du moins il augmente considérablement quelqu'autre force dissolvante.

2°. *Aër externus, dum calefit, se se expandit : Fit igitur aëre ambiente, non*

2°. L'air extérieur se dilate en s'échauffant : Il devient donc spécifiquement plus léger que l'air

E ij

environnant, qui n'eſt pas chaud, ou dont la chaleur eſt moindre: par conſéquent, ſuivant ce qui s'obſerve dans tous les Corps ſpécifiquement plus légers, qui réſident dans un fluide ſpécifiquement plus peſant, l'air dilaté eſt chaſſé en haut, & un air plus froid vient prendre ſa place. C'eſt ainſi qu'eſt excité dans l'air vers les parties ſuperieures un mouvement conſiderable, & capable de pouſſer vers les mêmes parties les autres Corps ſpécifiquement plus peſans que l'air : comme il a été dit Paragraphe 30. nombre 3.

vel minùs calido, ſpecificè levior, ergò iſte ab hoc, uti omnia corpora ſpecificè leviora in fluido ſpecificè graviori hærentia, ſurſum pellitur, & alius frigidior in ejus locum ſuccedit. Sic inſignis in aëre excitatur motus versùs ſuperiora, quo etiam alia corpora aëre ſpecificè graviora, ſuperiora versùs pelliqueunt. (S. 30. n°. 3.)

S. XXXII.

Après avoir connu en gros les diverſes manieres dont le feu & l'air agiſſent ſur les Corps, il faut examiner en détail de quelle façon ils produiſent l'élévation des Vapeurs.

Cognitis jam modis quibus ignis & aër generatim in corpora agunt, ſpeciatim quoque, quomodò vaporum aſcenſum producant, diſpiſciendum erit.

S. XXXIII.

Lorſque le feu s'attache aux Corps

1°. Il les pénétre par ſon adhéſion, comme l'eau pénétre le ſucre, les ſels & les autres Corps poreux : mais cette pénétration eſt

Ignis dum adhæret corporibus,

1°. Ex adhæſione in eadem penetrat, uti aqua in ſacharum, ſalia vel alia corpora poroſa ; augetur tamen hæc

DE L'ELEVATION DES VAPEURS.

penetratio, si ignis sub flammæ forma corporibus applicetur, & flamma, ope aëris
commoti, corpora versùs agitetur. (S. 30. n°. 3.)

2°. Hæc penetratione ignis
in corpora horum partes à contactu proximo separantur,
ergò minùs fiunt cohærentes.
(S. 22. n°. 1. & 2.)

3°. Augetur hæc particularum corporearum separatio
expansione aëris inclusi: (S.
31. n°. 1.) expandit verò
se se iste aër inclusus, tam
quià cohæsio partium corporis
per ignem imminuitur, (n°.
2.) hinc aëri, constanter se
se expandere conanti, minùs
resistitur, quàm quià ejus
elater per ignem accedentem
augetur. (S. 31.)

augmentée, si on aplique le feu
aux Corps, sous la forme de la
flamme, & si cette flamme est
poussée vers les Corps, par le secours d'un air mis en mouvement;
comme il a été dit Paragraphe 30.
nombre 3.

2°. Cette pénétration du feu
dans les Corps écarte leurs parties
& les empêche de se toucher immédiatement, & par conséquent
diminuë la cohésion qu'elles ont
entr'elles, comme nous avons dit,
Paragraphe 22. nombre 1. & 2.

3°. Cette séparation des Molécules des Corps est augmentée par
la dilatation de l'air qui y est renfermé (Paragraphe 31. nombre 1.) Or cet air renfermé se dilate, soit à cause que la cohésion
des parties du Corps est diminuée
par l'action du feu (ci-devant,
nombre 2.) & que par conséquent l'effort continuel que l'air
fait pour se dilater, trouve moins
de résistance, soit encore parce
que le ressort de l'air est augmenté
par l'intervention du feu, (Paragraphe 31.)

4°. Cette séparation des parties par le feu, divise les Corps en des Molécules plus petites, & par conséquent les parties des Corps qui sont à raison de leur pesanteur susceptibles d'une division suffisante pour s'évaporer, se trouvent dans l'état où elles doivent être pour pouvoir être élevées en l'air comme nous l'avons expliqué dans le Paragraphe 21.

5°. Puisque l'expérience nous aprend, que le feu passe des Corps où il est en grande quantité dans les Corps contigus, qui n'ont pas à beaucoup près tant de Molécules ignées, il passera également de ces Corps, dont il aura suffisamment divisé les parties dans l'air contigu, qui a beaucoup moins de chaleur que ces Corps.

6°. Puisque donc ce même feu qui fait effort pour passer en l'air, est en cohésion avec les Molécules des Corps qui sont d'une extrême petitesse & séparées, ces Molécules acquerront aussi, par l'effort du feu une direction vers l'air.

4°. Hâc separatione partium per ignem corpora dividuntur in particulas minores, eorum igitur corporum, quæ sufficienter, pro ratione gravitatis suæ, dividi queunt, partes eam obtinent conditionem, quam habere debent, ut in aërem elevari queant, (Parag. 21.)

5°. Ignis, cùm ex omni corpore, in quo abundanter hæret, transeat in ea corpora contigua, quæ tantam particularum ignearum quantitatem haud possident, (per experientiam) transibit quoque ex iis corporibus, quorum partes per ignem decenter sunt divisæ, in aërem contiguum, his corporibus minùs calidum.

6°. Cùm igitur idem ignis, qui in aërem transire conatur, cohæreat cum particulis corporum minimis & separatis, hæ quoque isto ignis conatu, tendentiam aërem versùs obtinebunt.

Probabile hinc est, hâc tendentiâ particulas corporum minimas, & ab aliis separatas, in aërem simul transire posse.

A) Quià ipsæ particulæ minimæ, minimum quoque habent pondus, &

B) Nonnisi infinitè parvam cum reliquis particulis cohæsionem ; ergò infinitè quoque parva erit resistentia, tendentiæ versùs aërem contraria.

Actu verò partes corporeas, easque satis magnas & graves, ob hanc ignis tam cum aëre quàm cum particula commovenda cohæsionem, in aërem transire, ex vulgari isto Fabrorum ferrariorum phænomenon concludo, quo videmus particulas ferri candentes satis magnas, magnâ celeritate, quaquà versùs, à ferro candente recedere, quàm primùm ferrum ex carbonibus candentibus in aërem defer-

Il est donc probable que ces Molécules très déliées & séparées des autres, peuvent à la faveur de cette direction, passer dans l'air avec le feu.

A) Parce que le poids de ces Molécules très petites est très petit, &

B) Que n'ayant qu'une cohésion infiniment petite avec les autres Molécules, elles ne peuvent opposer à la direction vers l'air, qu'une résistance infiniment petite.

§. XXXIV.

Voici un Phénoméne qui se présente chaque jour dans les boutiques des Forgerons, & duquel je conclus que la cohésion du feu tant avec l'air qu'avec la Molécule qui doit être mise en mouvement, suffit pour faire passer actuellement dans l'air des parties corporelles considerables par leur grandeur & par leur poids : Nous voyons des Molécules de Fer assès grandes rougies au feu, se détacher du Fer, & se disperser de tous côtés avec beaucoup de viteſſe, à l'inſtant que le fer eſt tranſporté de la forge dans un air libre, ce qui s'apelle en Allemand, *Seſcvriſan*; au contraire ces Molécules embraſées ne ſe détachent ni ne s'éparpillent jamais, tandis que le fer reſte dans la force parmi les charbons ardens. Il eſt évident que ce Phénoméne eſt produit par le concours du feu & de l'air, parce qu'il n'arrive pas à moins que le fer n'ait reçû un degré convenable de chaleur, & que lorſqu'il eſt parvenu à ce degré, il ne ſoit porté dans un air froid. Si donc je démontre que ce Phénoméne n'eſt produit ni par le poids & le mouvement de l'air extérieur, ni par le reſſort de l'air adhérant au fer, il ſuit néceſſairement que la cohéſion du feu, tant avec l'air qu'avec le fer, (comme il a été dit dans le Paragraphe 32. nombre 5. & 6.) en eſt la véritable cauſe.

tur liberum, id quod noſtro idiomate Seſevriſan vocant; contrà verò hanc particularum candentium fugam non fieri, quouſque ferrum intrà carbones hæret candentes. Hujus enim phænomeni rationem in aëre & igne ſimul hærere ex eo patet; quià ferrum, niſi ſit decenti gradu candens, &, niſi ſub hoc incandeſcentiæ gradu in aërem deferatur frigidum, hoc phænomenon haud exhibet. Si igitur demonſtravero pondere & motu aëris externi, itemque elatere aëris in ferro hærentis hoc phænomenon non produci, ut ex cohaſione ignis, tam cum aëre quàm cum ferro, (Parag. 32. n°. 5. & 6.) oriatur neceſſe eſt.

§. XXXV.

Ce qui fait voir que ces étincelles ne ſont pas miſes en mouvement par le poids de l'air, ſelon les loix de l'Hydroſtatique, c'eſt que le poids des fluides

Póndere aëris, ſecundùm Leges hydroſtaticas, has ſcintillas haud moveri, ex eo patet, quià pondere fluidorum,
A) *Non*

A) *Non nisi corpora fluido specificè leviora,*

A) n'éléve que les Corps specifiquement plus légers que le fluide, &

B) *In linea verticali elevantur; hæ verò scintillæ ipso aëre aliquot millies sunt specificè graviores, & quaquà versùs à ferro recedunt.*

B) Qui les éléve en ligne verticale; au lieu que ces étincelles sont quelques milliers de fois plus pesantes que l'air; & qu'elles s'éparpillent de toutes parts en se détachant du fer.

§. XXXVI.

Ex eodem scintillarum motu versùs omnes plagas sequitur quoque, has scintillas aëris exterioris motu haud propelli: Alia enim causa motûs aëris in hoc phænomeno haud adest, quàm calor ferri, quo aër vicinus ambiens expanditur, & non nisi sursum movetur; (Parag. 31. n°. 2.) ergò etiam scintillas non nisi sursum pellere posset, id quod verò est contrà experientiam.

Le mouvement de ces étincelles vers tous les côtés, fournit une nouvelle preuve qu'elles ne sont pas poussées par le mouvement de l'air extérieur. En effet on ne peut dans ce Phénoméne assigner d'autre cause du mouvement de l'air, que la chaleur du fer, laquelle dilate l'air voisin environnant, & ne le fait mouvoir qu'en haut, (comme il est prouvé Paragraphe 31. nomb. 2.) Par conséquent l'air ne pourroit pousser que vers le haut les étincelles, ce qui est contraire à l'experience.

§. XXXVII.

Nec unicè ab elatere aëris, intrà ferri particulas hærentis, per ignem aucto, hunc

Le mouvement par lequel ces étincelles s'écartent du fer, ne peut pas être attribué uniquement

F

au reſſort de l'air adhérant aux Molécules du fer, après que ce reſſort a été augmenté par le feu; parce que tandis que le fer eſt parmi les charbons, ſi le reſſort de l'air n'eſt pas plus grand, du moins il ne peut pas être moindre que lorſque le fer eſt tranſporté à l'air froid; c'eſt pourquoi la cauſe à laquelle on attribuë ce Phénoméne n'étant pas moins puiſſante lorſque le fer eſt dans les charbons allumés, que lorſqu'il en eſt tranſporté ailleurs, le même Phénoméne devoit paroître dans l'un & dans l'autre cas; ce qui eſt également contraire à l'expérience, comme il a été dit au paragraphe 24. On ne peut pourtant pas nier que la force de ce reſſort ne contribuë beaucoup à écarter ces étincelles, & que leur direction vers tous les côtés ne puiſſe également ſe déduire de la même cauſe, ſuivant ce qui a été avancé Paragraphe 32. nombre 3.

ſcintillarum receſſum derivare licet, quià hic elater, ſi non major eſt, quòuſque ferrum intrà carbones hæret, ſaltem tunc nec minor eſſe poteſt, quàm ſi ferrum in aërem frigidum deferatur: Hinc cùm minimùm eadem hæc ſit cauſa hujus phænomeni, dùm ferrum intrà carbones candentes hæret, quàm ſi extrà eoſdem deferantur, idem quoque ut ſit phænom nos neceſſe eſt in utroque loco, id quod verò itidem eſt contrà experientiam. (§. 24.) Quamvis negari nequeat, elateris dicti vim multùm ad hunc receſſum conferre, & directio quoque, quaquà versùs, ex hac quoque cauſa deduci queat. (§. 32. n°. 3.)

§. XXXVIII.

Après avoir mis à l'écart toutes les autres cauſes, auſquelles on

Remotis igitur omnibus reliquis cauſis, conatus iſte tan-

tùm super eis quo particulæ
ferri, ex cohæsione ignis, tàm
cum aëre quàm cum particulis
ferri, tendunt versùs aërem;
(§. 32. n°. 6.) qui extrà carbones quidem, in aëre frigido, minimè verò intrà carbones candentes, quippè in
locu summè calido, locum
habet. Minimè enim ignis
ex corpore calido in æque calidum, sed tantùm ex ma-
gis calido in minùs calidum
transit. (§. 32. n°. 5.)

pourroit attribuer l'effort des Molécules du fer pour se disperser
dans l'air, il ne reste plus que la
cohésion du feu, tant avec l'air
qu'avec les Molécules du feu, qui
puisse en être la cause, comme
nous l'avons expliqué, Paragraphe 32. nombre 6. Cet effort n'a
lieu que hors de la forge dans l'air
froid, & point du tout parmi les
charbons embrasez, parce que la
chaleur y est au plus haut degré :
car le feu ne passe pas d'un Corps
chaud dans un autre Corps également chaud, mais il se porte vers
les Corps qui ont un moindre degré de chaleur, que ceux
qu'il abandonne, (Paragraphe 32. nombre 5.)

§. XXXIX.

Totum igitur phænomenon
sic concipere licebit. Quò magis ignis penetrat in corpora,
tantò magis imminuitur cohæsio particularum ferri, (§.
32. n°. 2.) & tantò magis
augetur elasticitas aëris particulis ferri interclusi : (ibid.
n°. 3.) Ex his duabus causis,
conatus quidem, etiam quòusque ferrum intrà carbones

Voici donc de quelle maniere
on pourra donner l'explication de
ce Phénoméne. Plus le feu pénétre dans le fer, plus la cohésion
des Molécules du fer est diminuée
(Paragraphe 32. nomb. 2.) & plus
l'élasticité de l'air renfermé dans
les Molécules du fer est augmentée (Paragraphe 32. nombre
3.) ces deux causes produisent,
même pendant que le fer est ad-

F ij

hérant aux charbons, l'effort par lequel les Molécules du fer font preffées de fe détacher de la maffe (Paragraphe 37.) cependant l'expérience nous aprend, que cet effort ne fuffit pas pour chaffer actuellement les parties du fer embrafé dans l'air (dans le même Paragraphe.) Auffi-tôt que le fer, fuffifamment embrafé, eft tranfporté à l'air froid, le degré de cohéfion que les Molécules du fer ont entr'elles, refte pendant quelque tems auffi diminué, que l'élafticité de l'air renfermé dans les Molécules du fer eft augmentée par le feu ; mais par le paffage qui furvient du feu dans l'air froid, comme nous avons dit Paragraphe 32. nombre 5. les Molécules du fer, qui ont acquis le plus haut degré de chaleur, reçoivent une nouvelle direction vers l'air froid, comme il a été expliqué dans le même Paragraphe, nombre 6. c'eft pourquoi, puifque les Molécules du fer ne fe détachent précifément que lorfque le feu paffe

hæret, adeft, quò particulæ ferri ad feceffum premuntur, (Parag. 37.) fed, hunc conatum ad actualem partium propulfionem haud fufficere, experientia probat. (ibid.) Quamprimùm verò ferrum, decenti gradu candens, in aërem frigidum defertur, manet, ad tempus, tam imminutus particularum ferri cohæfionis inter fe gradus, quàm elafticitas aëris, particulis ferri intermixti, per ignem aucta, accedit verò ignis tranfitus in aërem frigidum, (Parag. 32. n° 5.) hinc nova tendentia quoque particularum ferri fummè calidarum versùs aërem frigidum ; (ibid. n° 6.) hinc, cùm tunc demum fcintillæ à ferro fecedant, quandò hic tranfitus ignis fit in aërem, idem hic tranfitus ignis non folùm inter caufas feceffùs fcintillarum erit referendus, fed eft quoque reliquarum

causarum hujus secessûs com-
plementum.

dans l'air, ce passage doit non-
seulement être mis au nombre des
causes qui écartent ces étincelles,
mais encore être regardé comme la cause qui donne l'ac-
complissement à l'action des autres.

§. XL.

Idem phænomenon obser-
vatur in præparatione reguli
antimonii simplicis; quàm
primùm enim partes regulinæ
decentem obtinuere caloris
gradum, hinc à reliquis sunt
separatæ, statim sub copiosis-
simarum scintillarum forma
ex mixto abeunt, cujus phæ-
nomeni ratio in majore par-
tium regulinarum, præ reli-
quis, gravitate specificâ hæ-
ret : Ob hanc enim plures ig-
neæ partes regulinis quàm
reliquis adhærent; ergò regu-
linarum cohæsio cum reliquis
maximo imminuitur gradu,
(Paragr. 22. n°. 2.) & regu-
linæ, ex cohæsione ignis cum
aëre, majori, quàm reliquæ
scoriarum partes, conatu ver-
*sùs aërem tendunt, hinc & *
regulinæ tantùm sub scintil-

Le même Phénoméne paroît
dans la préparation du Régule
d'Antimoîne simple ; car dès-que
les parties régulines ont acquis un
degré convenable de chaleur, elles se détachent & sortent du mixte
en copieuse quantité, sous la forme d'étincelles. La raison de ce
Phénoméne se prend de ce que
la pesanteur spécifique des parties
régulines est plus grande que celle
des autres parties ; c'est pourquoi
plus de parties ignées s'attachent
aux parties régulines qu'aux autres : Par conséquent, la cohésion
des parties régulines avec les autres est portée au plus haut degré
de diminution, & les parties régulines, par la cohésion du feu
avec l'air, se portent vers l'air
avec plus d'effort que les autres
parties des scories : De-là vient
que les seules parties régulines

montent en forme d'étincelles.

larum forma afcendunt.

§. XLI.

Il faut expliquer de la même façon le Phénoméne qui se présente lorsqu'on remplit d'eau bouillante, ou d'urine chaude un petit vase, par exemple un gobelet, & qu'on l'expose sur une fenêtre à l'air libre ; car on voit monter à la hauteur de quelques doits une quantité considerable de petites gouttes, très petites, à la verité, mais de diverses grandeurs. On observe une semblable élévation, si on verse de l'esprit acide de Sel commun, ou de Nitre, sur un Sel alcalin fixe, & plus encore sur un Sel volatil urineux, quoique la chaleur excitée par ce mélange ne soit pas toujours sensible.

Simili modo explicandum erit phænomenon aquæ fervidæ vel urinæ calidæ, si iisdem vas parvum, v. g. acetabulum, repleatur, & ad fenestram aëri liberiori exponatur; insignis enim guttularum, minorum quidem, diversæ tamen magnitudinis, copia ascendit, ad aliquot digitorum altitudinem: Et similis ascensus observatur, si sali alcalico fixo, maximè tamen volatili urinoso, spiritus acidus salis communis, vel nitri affunditur, quamquàm calor indè oriundus non semper sit sensibilis.

§. XLII.

Si donc après une aplication convenable des autres causes dont le concours est nécessaire, le feu passant dans l'air, y transporte avec soi des parties du fer & de l'eau, si considérables par leur quantité & par leur poids, à plus

Si igitur, præsentibus reliquis concausis, transitu ignis in aërem, tantæ & tam graves ferri & aquæ partes simul in aërem transferuntur, multò magis minimæ, hinc ad evaporationem suâ

naturâ magis aptæ partes, (*Parag.* 21.) *eodem ignis transitu, in aërem simul abire poterunt; semper enim à majori ad minus, sub iisdem conditionibus, valet consequentia.*

forte raison les plus petites parties qui par là même sont de leur nature plus propres à l'évaporation (suivant le Paragraphe 21.) pourront passer dans l'air avec le feu, puisque la conséquence du plus au moins est toujours juste, dans les mêmes circonstances.

§. XLIII.

Quæ sint aëris vires, quibus in corpora agit, suprà Parag. 30. *dictum est: Jam dispiciendum erit quâ suarum virium, & quo modo, vaporum elevationem vel producat, vel ad eandem concurrat. Scio quidem haud paucos Physicorum ascensum vaporum ex solo aëris derivare pondere, & ob id vapores, tanquàm corpora aëre specificè leviora, considerare: Ast, cùm certum sit, aquam ratione gravitatis specificæ, esse ad aërem circiter ut* 922. *ad* 1. *hinc aquam aëre esse multoties specificè graviorem, inquirendum prius erit, num fieri queat, vaporem, ex a-*

Il a été dit ci-dessus, Paragraphe 30. quelles sont les forces par lesquelles l'air agit sur les Corps; il faut examiner à présent avec quelle de ses forces, & de quelle maniere, il produit l'élévation des Vapeurs ou comment il y concourt. Je sai que plusieurs Phisiciens attribuent l'élévation des Vapeurs au seul poids de l'air, ce qui fait qu'ils regardent les Vapeurs comme des Corps spécifiquement plus légers que l'air : Mais puisqu'il est certain que l'eau, à raison de sa pesanteur spécifique est à l'air comme environ 922. à 1. & que par conséquent, elle est plusieurs fois spécifiquement plus pesante, il faut voir avant toutes choses, si la Vapeur, qui tire son origine de l'eau, peut devenir fpécifiquement plus légere que l'air.

qua oriundum, aëre fieri fpecificè leviorem.

§. XLIV.

Puifque les poids des Corps homogénes augmentent & diminuent en raifon de leurs grandeurs, & que l'eau eft fenfiblement un Corps homogéne, fes parties doivent diminuer de leur poids en la même raifon qu'elles diminuent de grandeur, par leur divifion en parties fufceptibles d'évaporation ; de forte que fi pour diminuer la pefanteur fpécifique d'un Corps, il eft néceffaire que fa pefanteur diminue en plus grande raifon que fa grandeur, il eft évident que l'eau par fa diffolution de très petites parties, ne peut jamais acquerir une moindre pefanteur fpécifique.

Cùm in corporibus homogeneis pondere crefcant & decrefcant in ratione magnitudinum, aqua verò fit corpus fenfibiliter homogeneum, etiam aquæ partes in eadem ratione decrefcent pondere, quâ, divifione in partes evaporabiles, decrefcunt magnitudine. Cùm igitur, fi gravitas fpecifica corporis fit imminuenda, gravitas majori gradu decrefcere debeat quàm magnitudo, patet aquam, folâ refolutione in partes minimas, minorem gravitatem fpecificam acquirere haud poffe.

§. XLV.

L'eau ne pouvant donc pas, par fa divifion en de très petites parties, acquerir une pefanteur fpécifique moindre que la pefanteur fpécifique de l'air, comme il eft dit au Paragraphe 44. il faut, ou que la feule grandeur des Mo-

Si igitur aquæ gravitas fpecifica, aëris gravitate fpecificâ minor fieri debeat, cum divifione in partes minimas obtineri nequeat, (Parag. 44.) ità fieri debet, ut magnitudo particularum aquearum

rum

rum vel sola crescat, usque dum millies circiter major sit facta (Parag. 43.) manente eodem aquæ pondere, vel ultrà millecuplum ut magnitudo crescat necesse est, si pondus, vel minimo tantum gradu simul crescat.

Pro scopo nostro perindè erit, sive quis dicat unicam aquæ particulam tanto increscere gradu, sive hoc incrementum de aliquot aquæ particulis prædicare malit. Hoc certum est, duplici tantùm modo incrementũ particularũm fieri posse, expansione nempè per aliud corpus in interiora particulæ particularumve penetrans, vel adhæsione tertii cujusdam corporis ab extrà, istudque penetrans vel adhærens corpus esse aut ignem aut aërem, quià tertium corpus, quantùm scimus, ad elevationem vaporum haud concurrit. (Parag. 24.)

lécules aqueuses augmente, leur poids demeurant toujours le même, jusqu'à ce que cette grandeur soit devenuë environ mille fois plus grande (Paragraphe 43.) ou que si le poids de ces Molécules augmente du moindre degré, leur grandeur augmente conjointement avec le poids, plus de mille fois autant.

Nous allons également à notre but, soit qu'on veuille attribuer cet accroissement excessif à une seule Molécule d'eau, soit qu'on le veuille communiquer à plusieurs Molécules. Ce qu'il y a de certain est, que l'accroissement des Molécules ne peut se faire qu'en deux façons ; savoir, par une dilatation causée par un autre Corps, qui pénétre dans l'intérieur de la Molécule ou des Molécules ; ou par l'adhésion extérieure de quelque troisiéme Corps ; & que Corps pénétrant, ou adhérant ne peut être que le feu ou l'air, puisque nous ne connoissons point de troisiéme Corps, qui concoure à l'élévation des Vapeurs (§. 24.)

G

§. XLVI.

Nous aprenons que l'air peut être poussé entre les Molécules de l'eau, au point que d'une petite goute d'eau de Savon il se forme une bulle, dont le diametre est vingt fois plus grand, & par conséquent la masse corporelle huit mille fois ; puisque nous voyons des enfans qui en se joüant, & en souflant par le tuyau d'une paille dans de petites goutes d'eau de Savon, la dilatent jusqu'à un aussi grand volume, & même plus grand. Or nous savons par une raison intrinseque & par les effets que cette vesicule n'est pas spécifiquement plus légére que l'air. La raison intrinseque, qui prouve que cette sphére est spécifiquement plus pesante que l'air, est parce qu'elle est composée d'air & d'eau; c'est pourquoi elle sera toujours spécifiquement plus pesante que l'air sans mélange. Suposons le poids de la petite goute, avant sa dilatation, égal à 922. suivant ce qui a été dit Paragraphe 43. le poids d'une égale quantité d'air se-

Aërem inter aquæ particulas ità pelli posse, ut guttula saponati in bullulam, quòd ad diametrum vigesies, hinc quòd ad molem corpoream, octies millies majorem, abeat, puerorum ludo discimus, qui saponati guttulas flatu oris per stipulam ad tantam immò majorem extendunt molem. Talem verò vesiculam aërem non esse specificè leviorem, à priori & à posteriori cognoscimus. A priori cognoscimus bullulam esse aëre specificè graviorem, quià ex aëre & aquâ est composita ; hinc puro aëre erit specificè gravior. Sit enim pondus guttulæ antè expansionem $= 922$. (§. 43.) erit pondus æqualis quantitatis aëris $= 1$. Cùm bullula octies millies guttulâ major supponatur, erit quantitas aëris in cavo bullulæ hærentis & expansionem producentis $= 7999$. ergò & pon-

dus ejusdem =7999. hinc
summa ponderis crustæ a-
quæa (quæ guttulæ est æqualis)& aëris contenti =8921.
pondus verò aëris mole bullulæ æqualis 8000.; ergò
bullula aëre est specificè
gravior. A posteriori verò scimus talem bullulam aëre esse
specificè graviorem, quia in
aëre quieto, (qualis in con-
clavi undique clauso, & in
quo contenta omnia quies-
cunt, esse solet) bullula ver-
ticaliter cadit, quàm primùm à stipula secedit: Quicquid verò in fluido quædam
sibi relictum descendit, istud eo fluido est specificè gra-
vius.

ra égal à 1. cette petite sphére étant
suposée huit mille fois plus grande que la petite goute, la quantité de l'air arrêté dans la sphère,
& qui en produit la dilatation, sera égale à 7999. & par conséquent
son poids égal à 7999. dont la to-
talité du poids de la croute aqueuse qui est égale à la petite goute
d'eau, & de l'air qui y est renfermé,
sera égale à 8921. Or le poids de
l'air dont la masse est égale à la
sphére n'est que 8000. par conséquent la sphére est spécifiquement
plus pesante que l'air. La raison
à posteriori, qui démontre que la
sphére est spécifiquement plus pesante que l'air, est que dans un
air calme, tel qu'il est dans une
chambre bien fermée, & dans laquelle tout est dans un parfait re-
pos, la bulle tombe verticalement dès-qu'elle se détache de
la paille. Or tout ce qui étant rendu à son état naturel,
descend dans un fluide, est spécifiquement plus pesant
que ce fluide.

§. XLVII.

Ab igne igitur num tan-
tum incrementum molis particularum aquearum, ut hæ

Il faut examiner présentement si
le feu peut donner à la masse des
Molécules aqueuses un si grand

G ij

accroiſſement , qu'elles deviennent ſpécifiquement plus légéres
que l'air. Il eſt aiſé de concevoir
que cela ne ſe peut faire que de
deux façons ; en effet , ou il faut
que les parties ignées pénétrent
dans les parties de l'eau , de ſorte
qu'en ſe dilatant par dedans , comme nous venons de le dire de l'air,
elles en forment des petites bulles,
ou qu'en adhérant extérieurement
aux Molécules de l'eau , elles en
augmentent ſi fort le volume , que
le compoſé de feu&d'eau ſoit ſpécifiquement plus léger que l'air.
Supoſons en même-tems , comme
certain que le feu n'ait nulle peſanteur ; ſi la maſſe de
l'eau ne peut d'aucune de ces façons être augmentée d'environ
mille fois, il eſt certain que même
par l'action du feu , elle ne peut
pas devenir ſpécifiquement plus
légére que l'air.

*aëre fiant ſpecificè leviores
aut fieri queant , diſpicien-
dum erit. Hoc verò non niſi
duplici modo fieri poſſe quili-
bet intelligit; aut enim partes
igneæ penetrant inter partes
aquæ , & ſic ab intrà exten-
dendo, uti modò diximus
de aëre, bullulas formant,
aut ab extrà particulis aquæ
adhærendo, earum magni-
tudinem in tantùm augent,
ut compoſitum ex igne &
aquâ aëre ſit ſpecificè levius.
Ponamus ſimul certum eſſe
ignem nullâ gaudere gravitate , ſi nullo dictorum modo aquæ moles millies circiter
augeri queat , etiam per ignem aqua aëre ſpecificè levior
evadere nequit.*

§. XLVIII.

Pour pouvoir expliquer la dilatation que le feu donne à l'eau, en
formant les petites ſphéres dont
nous venons de parler Paragraphe
47. il faut conſiderer.

*Pro explicandâ expanſio-
ne aquæ in tales (§. 47.)
bullulas per ignem , conſide-
randa veniunt ,*

A) *Vis quæ ignem in cavum aquæ pellat,*

A) La force qui pousse le feu dans la cavité de l'eau,

B) *Locus ubi hæc aquæ expansio fieri debeat, &*

B) Le lieu où cette dilatation de l'eau doit se faire ; &

C) *Num talis ab igne expansa bullula in aëre subsistere queat.*

C) Si cette sphére dilatée par le feu peut se soutenir dans l'air.

§. XLIX.

Cùm ignis, qui in aquam, pro ejus in bullulas expansione, penetrat, purus esse debeat, (sub flammæ enim formâ si penetraret, magis augeret pondus bullulæ, quàm si ab aëre expanderetur, quià flamma fuliginem aëre graviorem, continet, & candens cavum bullulæ esse deberet, id quod tamen est contrà experientiam, cùm ne ipsa aqua quidem candens evadere queat,) purus verò ignis non agit in corpora, quatenùs ab alio corpore in motu constituto propellitur, (§. 26.) vel premitur, (§. 27.) vel quatenus est gravis, (§. 28.) sed tantùm quatenùs iisdem adhæret, (§. 29.)

Le feu qui pénétre dans l'eau, pour la dilater en petites bulles, doit être pur ; car s'il pénétroit sous la forme de la flamme, il augmenteroit davantage le poids de la bulle, que si l'eau étoit dilatée par l'air ; parce que la flamme renferme une suïe plus pesante que l'air ; & que le creux de la bulle devroit être embrasé, ce qui est pourtant contraire à l'expérience, puisque l'eau même ne peut s'embraser. Or nous avons vû que le feu pur n'agit sur les Corps, ni par l'impulsion d'un autre Corps mis en mouvement ; (Paragraphe 26.) ni par la pression d'un autre Corps (Paragraphe 27.) ni par sa propre pesanteur (Paragraphe 28.) mais seulement par son adhésion aux Corps (Paragraphe 29.) par conféquent le feu ne peut agir fur le creux de la bulle, ni la dilater, que par adhéfion. Or les fluides qui pénétrent par adhéfion, s'infinuent à la verité dans des canaux étroits, mais ils n'en fortent pas pour paffer dans un efpace fort étendu, de forte que le feu pénétrera bien dans les interftices qui fe rencontrent adhérens aux Molécules de l'eau, & s'infinuera dans les pores des Molécules, mais auffi-tôt que le creux de la bulle aura reçû feulement une petite augmentation; par exemple, dès-que le creux de la bulle fera dix fois plus grand que l'intervalle naturel, qui fe rencontre entre les parties de la bulle, le feu par fon adhéfion ne pénétrera pas plus avant dans le creux de la bulle ; donc il ne portera pas la dilatation de la bulle à un plus haut degré ; ce qui pourtant feroit néceffaire afin que la bulle devint fpécifiquement plus légére que l'air.

etiam ignis in cavum bullulæ alio modò penetrare, eamque extendere haud poterit, quàm ex adhæfione. Cùm igitur fluida quæ ex adhæfione penetrant, in canales quidem anguftos, minimè verò ex his in fpatium amplum abeant, etiam ignis in interftitia quidem inter particulas aquæ hærentia, atque in poros particularum aquæ penetrabit, quàm primùm verò cavum bullulæ paululùm tantùm increfcit, ità v. g. ut decies interftitio naturali inter partes aquæ majus fit, ignis ex adhæfione ulteriùs in cavum bullulæ haud penetrabit; ergò bullulam quoque majori gradu haud expandet, id quod tamen neceffe eft, fi hæc aëre fpecificè levior evadere debeat. (Parag. 45.)

S. L.

En raifonnant fur un autre principe, on peut encore prouver

Ex alio quoque fundamento probari poteft, ignem

in cava igne repleta non pe-
netrare ; cum enim, experien-
tiâ teste, ignis ex loco calido
in æque vel magis calidum
nunquàm transeat, cavum
verò bullulæ tot particulis ig-
neis repletum, ut, si plures
penetrarent, expansio bullulæ
oriretur, non possit non maxi-
mo, qui ibi esse potest, gradu
esse calidum, nullæ particu-
læ igneæ ulteriùs in istud
penetrabunt; ergo cavum at-
que bullula non fient majora.

que le feu ne pénétre pas dans les
Corps creux qui sont remplis de
feu. Car l'expérience nous ap-
prend que le feu ne passe jamais
d'un lieu chaud dans un autre,
dont la chaleur est égale ou plus
forte : Or le creux de la petite
bulle étant rempli d'une si grande quantité de parties ignées,
que s'il y en entroit un plus grand
nombre, la bulle se dilateroit ; il
est évident qu'il est dans le plus
grand degré de chaleur qui peut
s'y trouver, & que d'autres parties ignées n'y pénétreront pas

plus avant : donc le creux & la bulle ne deviendront pas
plus grands.

§. LI.

Ponamus fieri posse ut a-
quæ particulæ ab igne in tan-
tas expandantur bullulas,
quæ aëre sint specificè levio-
res, hoc sanè fieri deberet,
aut quousque particulæ aquæ
expandendæ intrà alias ad-
huc hærent particulas aqueas,
aut quandò sunt in superfi-
cie aquæ, ex qua proximus
in aërem foret ascensus. In-

Supofons comme possible, que
le feu dilate l'eau en un si grand
nombre de petites bulles, qu'elles
soient spécifiquement plus légéres
que l'air ; il faut que cette opéra-
tion s'exécute, ou pendant que les
Molécules de l'eau, qui doivent
être dilatées, adhérent aux autres
Molécules aqueuses, ou lors
qu'elles sont sur la surface de l'eau,
qui est le terme le plus prochain

de leur élévation dans l'air. Les parties de l'eau ne peuvent pas être dilatées au-dedans de l'eau jusqu'à former une bulle mille fois plus grande ; car aussi-tôt que la bulle sera parvenuë à doubler ou tripler son volume, elle montera vers la surface de l'eau, étant spécifiquement plus légére que l'eau, si la bulle pouvoit devenir mille fois plus grande sur la surface de l'eau par le moyen du feu, le même feu porteroit l'air environnant à un degré beaucoup plus grand de dilatation ; (car l'expérience nous aprend que l'air est toujours plus dilaté que l'eau, par le même degré de feu) de sorte que la légéreté spécifique de l'air qui environne la bulle étant dans un plus grand degré que la légéreté spécifique de la bulle, celle-ci ne sauroit monter dans cet air dilaté, qui seroit beaucoup plus léger.

trà aquam, aquæ partes in bullulam magnitudine millies majorem, expandi nequeunt, quàm primùm enim duplo vel triplo tantùm majorem bullula obtinuit molem, statim bullula, tanquàm specificè levior, ad superficiem ascendet aquæ : In superficie verò aquæ, si bullula millies major per ignem evadere posset, aër ambiens majori longè gradu ab eodem igne expanderetur, (semper enim aër, ab eodem ignis gradu, magis expanditur quàm aqua, experientiâ teste ;) hinc aër ambiens bullulam, majori gradu foret specificè levior quàm bullula; ergò bullula in hoc aëre expanso, tanquam longè bullulâ leviori ascendere haud poterit.

§. LII.

Quand nous accorderions que les Molécules de l'eau peuvent être dilatées, jusqu'à former des bulles spécifiquement plus lé-

Concedamus particulas aquæ ab igne posse expandi in bullulas aëre naturali specificè leviores; concedamus por-

rò

rò ipfum aërem ambientem ab eodem igne non fimul expandi, hinc bullulas in naturali aëre afcendere poffe, vix tamen ad momentum bullula in hoc ftatu expanfo fubfiftere poterit; ignis enim, cùm ex omni corpore in quo abundanter hæret, in contiguum minùs calidum corpus tranfeat, aër verò ambiens fit bullulæ contiguus, & eâdem minùs calidus (fupponitur enim naturalis & non expanfus) ex bullulæ cavo in aërem contiguum conftanter tranfibit; imminuitur ergò omi momento caufa expanfionis bullula; ergò ipfa bullulæ magnitudo, hinc conftanter crefcit bullulæ gravitas fpecifica; ergò fi in initio quoque afcenderet, poft pauca tamen momenta defcendere rursùs deberet.

géres que l'air ; quand nous accorderions encore que l'air environnant ne feroit point dilaté par le même feu, & que par conféquent ces bulles pourroient monter dans l'air naturel ; ces bulles fe foutiendroient à peine un moment dans cet état de dilatation ; parce que le feu paffe de chaque corps, dans lequel il eft abondamment épris, dans un Corps contigu moins chaud, & que l'air environnant eft contigu à la bulle & qu'il n'a pas autant de chaleur qu'elle (puifque l'on fupofe de l'air naturel, & non pas de l'air dilaté) le feu paffera donc continuellement du creux de la bulle dans l'air contigu; la caufe de la dilatation de la bulle eft donc diminuée à chaque moment, conféquemment la grandeur de la bulle fouffre de la diminution en même-tems ; donc la pefanteur fpécifique de la bulle augmente continuellement donc à fupofer que la bulle montât au commencement, elle ne tarderoit que peu de momens à defcendre.

H

§ LIII.

Il résulte donc que selon les loix de l'Hidrostatique, l'eau ne peut pas être élevée par l'air, sous la forme de petites bulles dilatées par le feu, & spécifiquement plus légerés que l'air, (comme nous l'avons fait voir dans les Paragraphes 47. & suivans jusques à 52.)

Aqua ergò, sub forma bullularum ab igne expansarum & aëre specificè leviorum, ab aëre, secundùm leges hydrostaticas, elevari nequit. (Parag. 47. ad 52.)

§ LIV.

On peut aisément prouver l'adhésion des Molécules ignées aux parties de l'eau, dont la masse est augmentée par cette adhésion, de ce que près du feu l'eau s'échauffe & conserve assez long-tems sa chaleur, & de ce que l'eau échauffée occupe plus d'espace que l'eau froide. Mais on ne peut pas avancer, qu'un assez grand nombre de Molécules ignées puisse s'attacher à une seule Molécule d'eau, pour rendre le volume du composé mille fois plus grand que la Molécule de l'eau, parce que cette proposition répugne aux loix connuës du passage du feu d'un Corps dans un autre. En effet

Igneas particulas aquæ partibus adhærere, & sic harum augere magnitudinem, ex eo, quòd aqua ad ignem calefit, calorem suum sat diù conservat, & aqua calida præ frigida majus occupat spatium, facilè probatur. Tot verò igneas uni adhærere posse aquæ particulæ, ut moles compositi millies major sit aquæ particulâ, affirmari nequit; pugnat enim cum legibus cognitis transitûs ignis ex uno corpore in aliud. Particulæ enim igneæ, cùm minores longè sint quàm aquæ particulæ, hanc millies mole

augere nequeunt, nisi plu- les Molécules ignées étant de
rima harum ignearum a- beaucoup plus petites que celles
queam ambientium, se inter de l'eau, elles ne peuvent aug-
se tantùm contingant, id est menter mille fois le volume de
abundanter circà particulam l'eau, à moins qu'un grand nom-
aqueam hareant, omnes igi- bre de ces parties ignées qui
tur ha abundantes ignea, environnent les Molécules de
qua aqueam non tangunt, l'eau, ne soient placées de façon
transibunt in aërem conti- qu'elles n'adhérent ensemble que
guum: Ergò circà particulam dans le point du contact, c'est-
aqua ne ad momentum qui- à-dire, qu'elles ne soient adhé-
dem collecta subsistere pos- rentes ensemble en copieuse
sunt. Decrescente igitur sic quantité autour de la Molécule
mole compositi ex aqua & d'eau ; donc cette copieuse quan-
igne, crescit ejus gravitas tité de Molécules ignées qui ne
specifica ; ergò compositum touchent pas la Molécule aqueuse
aëre specificè levius permane- passera dans l'air contigu ; donc
re nequit. Ne dicam nullam elles ne peuvent pas rester un
apparere rationem, qua tan- seul moment rassemblées autour
tam particularum ignearum, de la Molécule d'eau, ni par
circà unam aqueam, collec- conséquent en augmenter la
tionem probabilem redderet. grandeur ; donc la pesanteur spécifique de ce composé d'eau &
de feu, est augmentée par la diminution de son volume ;
donc le composé ne peut persister dans une plus grande légéreté spécifique que celle de l'air. On peut ajouter qu'il
n'y a nulle raison apparente, qui puisse rendre probable un
assemblage si considerable de Molécules ignées autour d'une
seule Molécule aqueuse.

§. LV.

Nous avons prouvé que les Molécules de l'eau ne peuvent, ni par l'action de l'air (Paragraphe 46.) ni par celle du feu (Paragraphe 53. & 54.) acquerir une légéreté spécifique moindre que celle de l'air ; il suit donc qu'elles ne peuvent pas être élevées par le poids de l'air, comme elles le seroient dans un fluide plus pesant qu'elles.

Cùm igitur particulæ aquæ nec per aërem (Parag. 46.) nec per ignem, (Parag. 53. & 54.) aëre specificè leviores fieri queant, etiam per pondus aëris, tanquàm à fluido graviore elevari nequeunt.

§. LVI.

Nous avons fait voir (Paragraphe 37.) que le ressort de l'air, en tant que celui-ci se trouve adhérant entre les Molécules qui doivent s'évaporer, & que son ressort augmente par la chaleur, est une des causes de l'évaporation : Il ne doit pourtant être mis au nombre que des causes foibles & momentanées, parce qu'elle cesse du moment que la Vapeur a passé dans l'air. Or si la Vapeur est adhérente à l'air, par cette seule raison l'air environnant, en tant qu'il agit immédiatement sur la Molécule vapo-

Elaterem aëris, quatenùs hic particulis evaporandis intermixtus est, & iste calore major evadit, esse evaporationis concausam, Paragrapho 37. ostendimus, inter breves tamen, immò interdùm momentaneas tantùm evaporationis causas referri debet, quià hæc causa cessat, quàm primùm vapor in aërem transiit. In ipso verò aëre si hæret vapor, aër ambiens, quatenùs immediatè agit in particulam vaporosam, vel ob id tantùm elatere suo ad

*elevationem vaporis proximè
nihil confert, quià ab omni
plaga æqualiter in vaporem
agit ; remotam verò esse eum
evaporationis causam dein
(§. 72. dicemus.)*

reuse, ne contribuë nullement
par son ressort, comme cause
prochaine à l'élévation de la Vapeur, parce qu'il agit également
de tous côtés sur la Vapeur. Nous
ferons voir dans le Paragraphe
72. que le ressort de l'air est une
cause éloignée de l'évaporation.

§. LVII.

*Si ponamus particulam
evaporabilem corpori isto, ex
quo abire conetur, adhuc con-
tiguam, in inferiore sua superficie ignis cinctam esse
particulis, à parte superiore
verò contingi ab aëre, tàm
ignis quàm aër, tanquàm
fluida leviora, adhærebunt
eidem ; ergò in eandem a-
gent, inæqualiter tamen,
majori nempe vi aër, minori
ignis, ob gravitatem specificam horum fluidorum diversam. Inæqualiter igitur rea-
get particula evaporabilis
versùs plagas oppositas, magis nempe versùs superiora
quàm inferiora. A tali verò
inæquali corporum versùs*

Si nous supposons que la Molécule susceptible d'évaporation,
tandis qu'elle est encore contiguë au Corps dont elle s'éforce
de s'écarter, est environnée dans
sa surface inférieure de particules
ignées, & par sa partie supérieure
contiguë à l'air ; dans cette sup-
position, le feu & l'air étant des
fluides plus légers que la Molécule, lui adhéreront également,
donc ils agiront sur elle : cependant ils n'agiront pas également,
mais l'air agira avec plus de force
que le feu, à cause de la différence
qui se trouve entre la pesanteur
de ces deux fluides. Par conséquent la Molécule susceptible d'é-
vaporation tendra vers les deux
parties opofées par une réaction

inégale, c'est-à-dire, avec plus de force vers le haut que vers le bas. Il est évident par la doctrine généralement reçûë touchant la cause du mouvement, que l'inégalité de tendance des Corps vers les parties opposées, excite & détermine le mouvement vers la partie, vers laquelle la direction de cette tendance est plus forte. On peut encore prouver plus particuliérement que la cohésion inégale & opofée de deux fluides avec un troifiéme Corps produit un mouvement vers la partie dans laquelle l'adhésion est plus grande, par le phénoméne suivant. Qu'on rempliffe d'eau, enforte qu'il n'en foit pas exactement plein, un vafe qui est adhérant à l'eau, & par conféquent dans lequel la furface de l'eau contenuë est concave vers le bord, c'est-à-dire, plus haute que dans le milieu ; qu'on place fur l'eau une petite boule de bois, ou de quelque autre matiere, pourvû qu'elle furnage, & que l'eau foit adhérente à la petite boule, ce

plagas oppofitas tendentiâ, oriri motum versùs eam plagam versùs quam maxima directa est tendentia, non folùm ex generali doctrina de caufa motûs patet, fed & fpeciatim ex inæquali & oppofita fluidorum cum eodem tertio corpore cohæfione, oriri motum versùs eam plagam, in qua maxima est adhæfio, fequens probat phænomenon. Vas quoddam, cui aqua adhæret, hinc in quo aquæ fuperficies est circâ marginem concava, adeòque altiòr quàm in medio, repleatur aquâ, non tamen plenariè : Aquæ imponatur globulus ligneus, vel alius quicùmque, modò aquæ innatet, & hæc globulo adhæreat, id quod fit, fi aqua globulum humectet. Aqua fic ab omni quidem parte ex adhæfione aget in globulum, non verò ubivis æqualiter, quià aqua circà parietes vafis est elevata ; er-

gò ea superficies globuli, quæ parietibus vasis est proxima, & ultrà digitum ab iisdem haud abest., profundiùs hæret in aquâ quàm opposita; ergò major aquæ quantitas adhæret globulo in eadem ista parietibus vicinâ superficie quàm in oppositâ; major igitur quoque est actio aquæ ex cohæsione in superficiem globuli parietibus vicinam quàm in oppositam; si igitur centrum globuli à parietibus vasis ultrà digitum haud absit, movebitur globulus, motu accelerato, versùs parietes vasis.

qui arrivera si la petite boule en est humectée; de cette façon, l'eau agira de toutes parts sur la petite boule, mais elle n'agira pas également, parce que l'eau est élevée autour des parois du vase, donc la surface de la petite boule, qui est la plus près des parois du vase, & qui n'en est éloignée que de la distance d'un travers de doigt, est plus enfoncée dans l'eau que la surface opposée; donc une plus grande quantité d'eau est adhérente à la petite boule dans la surface voisine des parois du vase que dans la surface opposée; donc l'action qui procéde de la cohésion de l'eau, est plus grande contre la surface de la petite boule, voisine des parois du vase, que contre la surface opposée; par conséquent si le centre de la petite boule n'est éloigné des parois du vase que de la distance d'un travers de doigt, la petite boule sera portée vers les parois du vase par un mouvement accéléré.

§. LVIII.

Fieri verò hunc globuli motum non tam versùs parietes vasis, quàm versùs eum locum, ubi aqua est

On peut connoître que ce mouvement de la petite boule n'a pas tant sa direction vers les parois du vase, que vers le lieu où l'eau est plus élevée, & conséquemment, où l'action de l'eau, provenante de sa cohésion est très grande; de ce que la même boule s'éloigne toujours du parois du vase, si on remplit d'eau le vase, de telle sorte que l'eau surmonte les bords du vase, & que par conséquent elle soit moins haute aux environs des parois du vase que dans le milieu; ce qui prouve que dans le premier cas, la petite boule ne se porte vers les parois du vase, que parce que l'eau y est plus élevée; conséquemment on ne peut pas dire, que la petite boule est attirée par les parois du vase.

magis elevata; hinc ubi a qua actio ex adhæsione in globulum est maxima, ex eo cognoscitur, quià in eodem vase, idem globulus semper à parietibus recedit, modò vas tantùm aquâ repleatur, ut ultrà oras vasis promineat, hinc circà parietes sit minùs alta quàm versùs medium vitri. In priori igitur casu ideò tantùm movetur versùs parietes, quià ibi aqua est magis alta : Hinc nec dici potest, globulum trahi à parietibus.

§. LIX.

On peut aussi concevoir que le mouvement de la petite boule provient de sa cohésion avec l'eau, en partie de ce que les autres causes auxquelles on pourroit l'attribuer n'ont pas lieu, comme il a été dit au Paragraphe 25. puisqu'il n'y a pas de force extérieure, & que le mouvement de la petite boule ne peut être

Ex cohæsione verò aquæ cum globulo hunc globuli motum esse derivandum, partim ex eo cognoscitur, quià omnes reliquæ causæ (§. 25.) locum non habent, (vis enim externa abest, & ex gravitate globuli vel ideò tantùm motus ejusdem deduci nequit, quià globulus in hoc phæno-

phænomeno femper afcendit)
partim quià, fi aqua cum
globulo non cohæreat, totum
phænomenon quafi inverti-
tur, & globulus eò tantùm
abit, quò ex pondere abire
debeat ; nempè, in vafe non
plenariè repleto, versùs medium vafis ; in vafe verò
ultrà oras repleto, versùs parietes. Facile verò efficitur
aquam globulo non adhærere
modò globulus febo obduca-
tur, & dein fulphure Ly-
copodii confpergatur.

attribué à fa propre pefanteur,
puifque dans ce Phénoméne, la
petite boule monte toujours ; en
partie de ce que fi l'eau n'eft pas
adhérente à la boule, tout le
Phénoméne arrive d'une maniere
contraire & la boule va feulement
dans l'endroit où fon poids la
doit déterminer ; favoir dans un
vafe qui n'eft pas exactement rempli ; vers le milieu du vafe : & vers
les parois du vafe, lorfqu'il eft rempli pardeffus les bords. Il eft facile
d'empêcher que l'eau ne foit adhérente à la petite boule ; il ne
faut pour cela, qu'enduire de fuif
la petite boule, & enfuite l'arrofer avec du fouffre de
Lycopodium, ou mouffe terreftre.

§. LX.

Cùm igitur ex hoc phæno-
meno (§. 57.) certum fit, corpus, cui fluidum, in fuperficiei partibus oppofitis inæqualiter adhæret, moveri
versùs eam plagam, in qua
maxima fit adhæfio, tantò
minùs dubitare licet, etiam
vaporem hunc in aërem af-
cendere, quandò eidem in-

Puifqu'il eft donc certain par
ce Phénoméne raporté dans le
Paragraphe 57. qu'un Corps au-
quel un fluide adhére inégale-
ment dans les parties opofées de
fa furface, fe meut vers la partie
où l'adhéfion du fluide eft plus
grande, il eft encore moins permis de douter que la vapeur monte dans l'air, lorfqu'elle fe trouve

I

en cohéfion avec le feu par fa fur- *feriùs ignis, fuperiùs verò* face inférieure, & avec l'air par *aër adhæret, quià, ob in-* la fupérieure ; parce qu'à caufe *fignem inter ignis & aëris* de la difproportion confidérable *gravitates fpecificas differen-* qui eft entre les pefanteurs ref- *tiam, major quoque eft inæ-* pectives du feu & de l'air, il y *qualitas actionum oppofita-* a auffi une plus grande inégalité *rum, ex cohæfione ignis &* entre les mouvemens opofés qui *aëris in vapore oriundarum,* peuvent être excités dans la Va- *quàm in globulo, cui in pla-* peur par la cohéfion du feu & *gis oppofitis idem fluidum,* de l'air, qu'entre ceux qui font *quantitate tantùm diver-* excités dans la petite boule en- *fum adhæret.* queftion, fur les parties opofées de laquelle c'eft toujours le même fluide qui agit par ad- héfion, fans autre différence que celle de la quantité.

§. LXI.

L'expérience journalicre nous *Aërem cum motu in cor-* aprend, que l'air agiffant fur les *pora agentem hæcce commove-* Corps par fon mouvement, peut *re & elevare, quamquàm* les émouvoir, & les élever, quoi *notabilem hæc habeant mag-* qu'ils foient d'une maffe confide- *nitudinem, & non folùm* rable, & plus pefans que l'air *ipfo aëre fint aliquot millies* de quelques milliers, par leur *fpecificè graviora, atque pon-* pefanteur fpécifique ; même des *dus eorum abfolutum millies* Corps dont la pefanteur abfo- *millies vaporis pondere fit* luë excéde d'un million celle des *majus, experientia quotidia-* Vapeurs : C'eft ainfi que font é- *na loquitur: Elevantur enim* levées, la poudre de la terre, *hoc modo pulvis terræ, bul-* les bulles de favon, les pe- *lulæ ex faponato, globuli* chartacei ex tribus circulis chartaceis se se cruciatim decussantibus conflati, aliaque corpora satis crassa. Unde manifestè sequitur, eodem aëris in motu constituti impetu, à quacumque causâ oriundo, subtilissimas corporum particulas, id est vapores, ab aliis separari, in aërem propelli, & in eodem elevari posse. Nec mirum aërem commotum elevare, quæ ab aëris pressione ex pondere elevari nequeunt, impetus enim corporis in motu constituti semper major est impetu corporis quiescentis, quamquàm massæ & celeritates in utroque casu sint eædem.

tites boules de papier, composées de trois cercles de papier traversés en forme de croix, & d'autres Corps assez grossiers ; ce qui fait voir évidemment que les Vapeurs, qui sont des Molécules des Corps très deliées, peuvent être séparées des autres parties, poussées en l'air, & élevées par l'effort qu'il fait lorsqu'il est mis en mouvement, quelle que soit la cause qui produise cet effort. Il ne faut donc pas s'étonner si l'air mis en mouvement éléve des Corps qui ne peuvent pas être élevés par la pression qu'ils reçoivent du poids de l'air, puisque l'effort d'un Corps mis en mouvement est toujours plus grand que celui d'un Corps en repos, quoique les masses & les vitesses soient les mêmes dans l'un & dans l'autre cas.

§. LXII.

Ex hactenùs dictis patet causas, primum transitum vaporum in aërem producentes, esse

Tout ce que nous avons dit jusqu'à présent démontre, que les causes qui produisent le premier passage des Vapeurs dans l'air font

1°. Les Molécules mêmes des Corps.

A) En tant qu'elles sont suffisamment petites, & détachées des autres Corps plus pesans, comme nous l'avons fait voir depuis le Paragraphe 7. jusqu'au 14.

B) Ou si cela ne se peut faire entant qu'elles sont en cohésion avec d'autre Corps spécifiquement plus légers, suivant le Paragraphe 15. jusqu'au 17.

2°. Le feu, ce qu'il faut entendre,

A) Entant qu'il divise les Corps en petites parties, dont il diminuë considerablement la cohésion avec les autres parties, comme il a été dit Paragraphe 33. nombre 1 jusques à 4.

B) Entant qu'il est en cohésion, tant avec les Molécules séparées qu'avec l'air, & que par cette derniere cohésion il passe dans l'air, comme on peut voir Paragraphe 33. nombre 5. & 6. & Paragraphe 33. jusqu'au 42.

3°. L'air, ce qui se doit entendre,

1°. *Ipsas corporum particulas,*

A) *Quatenùs sufficienti gradu sunt exiguæ, & ab aliis corporibus gravioribus separatæ* (S. 7. ad 14.)

B) *Quatenùs, si hoc fieri nequeat, alia corpora specificè leviora ipsis cohærent* (S. 15. ad 17.)

2°. *Ignem & quidem,*

A) *Quatenùs dividit corpora in partes minutas, & cohæsionem cum aliis insigniter minuit,* (S. 33. n°. 1. ad 4.)

B) *Quatenùs ipse tam cum particulis divisis quàm cum aëre cohæret, & ex hac ultima cohæsione in aërem transit.* (S. 33. n°. 5. & 6. & S. 33. ad S. 42.)

3°. *Aërem & quidem,*

A) *Quatenùs inter parti-*
culas evaporandas hæret,
eafdemque, elatere fuo per
calorem aucto, partim divi-
dit, partim in aërem projicit.
(S. 37. & 56.)

B) *Quatenùs vapori ad-*
hæret, (*Parag.* 57. *ad* 60.)

C) *Quatenùs, tanquàm*
corpus in motu constitutum,
vapores feparat, propellit &
elevat. (*Parag.* 61.)

§. LXIII.

Quælibet harum caufa-
rum per fe confiderata gradu
variare poteft. Sic

1°. *Non omnia corpora vi-*
ribus naturalibus dividenti-
bus, (*Parag.* 22.) *quocum-*
que gradu hæ applicentur, in
partes æque fubtiles & æque
leves, hinc in æque evapora-
biles dividi queunt, nec

A) Entant qu'il eft arrêté entre les Molécules qui fe doivent
évaporer, & que par fon reffort,
qui eft augmenté par la chaleur,
il les écarte en partie, & en partie il les fait paffer dans l'air,
(Paragraphes 37. & 56.)

B) Entant qu'il eft adhérant
à la Vapeur (Paragraphe 57. jufqu'à 60.

C) Entant que par fa qualité
de Corps mis en mouvement il
fépare, pouffe, & éléve les Vapeurs, comme il a été dit au Paragraphe 61.

§. LXIII.

Il n'eft aucune de ces caufes
confiderée en elle-même, qui ne
puiffe varier dans le degré de fon
action. C'eft ainfi que

1°. Tous les Corps ne peuvent
pas être divifés en des parties é-
galement déliées & légéres par
les forces naturelles qui contribuent à cette divifion, en quelque degré que ces forces foient
apliquées (Paragraphe 22.) ni
par conféquent en parties auffi
fufceptibles d'évaporation.

2°. Les Corps qui peuvent être suffisamment divisez ne le sont pas toujours jusqu'au degré possible, ou parce que toutes les forces qui contribuent à leur division ne leur sont pas apliquées, ou parce qu'elles ne sont pas portées à un degré d'action convenable.

3°. L'action même du feu sur les Corps peut être dans un différent degré, selon qu'il leur est apliqué mis en mouvement, ou sans mouvement ; comme aussi le même degré de feu apliqué de la même façon, agira différemment sur divers Corps.

4°. Les Corps spécifiquement plus pesans reçoivent toujours un plus grand degré de chaleur, que ceux qui ont moins de pesanteur spécifique.

5°. Du même Corps, porté au même degré de chaleur, le feu passera dans l'air avec moins de facilité, & en moindre quantité à proportion que l'air environnant sera froid dans un moindre degré.

2°. *Ista, quæ satis dividi possunt, non semper ad eum dividuntur gradum ad quem dividi possent; quia vires dividentes vel non omnes, vel non decenti adhibentur gradu.*

3°. *Ignis quoque diverso gradu corporibus applicari potest, idque vel cum vel sine motu; &, si idem ignis gradus, eodem modo, diversis applicetur corporibus,*

4°. *Specificè magis gravia semper majori calefiunt gradu, quàm specificè minùs gravia.*

5°. *Ex eodem quoque corpore, eodem gradu calido, tantò minor erit transitus ignis in aërem, quantò minor aëris ambientis est frigoris gradus.*

6°. *Aër quoque calidus externus, tàm quatenus eft expanfus, quàm ob igneas interpofitas, vapores in paucioribus contingit punctis, hinc minùs quoque cum vaporibus cohæret, quàm frigidus :*

7°. *Pro diverfo quoque caloris gradu, qui corpori applicatur, & quem corpora acquirere poffunt, variat elater aëris in ipfis corporibus hærens :*

8°. *Impetum denique aëris in motu conftituti diverfis temporibus diverfùm effe, in vulgus notum eft.*

Hinc non folùm generatim ratio diverfæ, ratione quantitatis, evaporationis corporum dari poteft, fed & fpeciatim intelligitur, quarè

1°. *Aurum, argentum, & falia fixa planè non fint*

6°. L'air extérieur qui eft chaud, foit à caufe de fa dilatation, foit à caufe des particules ignées dont il eft impregné, touche les Vapeurs en moins de points que lorfqu'il eft froid, & par conféquent il a moins de cohéfion avec les mêmes Vapeurs.

7°. Le reffort de l'air renfermé dans les Corps varie fuivant le divers degré de chaleur qu'on aplique aux Corps, comme auffi fuivant le divers degré de chaleur dont les Corps font fufceptibles.

8°. Enfin perfonne n'ignore que l'effort de l'air mis en mouvement, varie fuivant la diverfité des tems.

§. LXIV.

Les remarques que nous venons de faire font non-feulement apercevoir en général la raifon de diverfité de l'évaporation des Corps, à raifon de fa quantité, mais elles font connoître en détail pourquoi

1°. L'Or, l'Argent, & les fels fixes ne font point du tout fufceptibles d'évaporation, & pourquoi il ne s'évapore que fort peu des autres métaux non plus que des Pierres : cependant nous ne savons que par les effets, quels Corps ne sont point du tout, & quels ne sont que très peu susceptibles d'évaporation.

2°. Pourquoi le sel Ammoniac, le Mercure, & divers autres Corps ne peuvent absolument pas être réduits en Vapeurs par une chaleur modérée ; comme aussi pourquoi le sel Ammoniac n'est point changé en sel volatil, si lorsqu'il est chaud & sec il est mêlé avec du sel de Tartre sec & chaud, à moins qu'on n'employe un plus grand degré de feu, ou que l'on ne fasse intervenir quelque Corps humide, même sans que le degré de chaleur soit sensible. On en trouve la raison au Paragraphe 63. nombre 2.

3°. Pourquoi l'eau s'évapore beaucoup moins lorsqu'elle est froide que lorsqu'elle est chaude, & celle-ci moins que lorsqu'elle est bouillante ; pourquoi l'huile & le suif ne s'enflamment pas à moins

evaporabilia, de reliquis verò metallis atque lapidibus parùm tantùm evaporari queat, (Parag. 63. n°. 1.) quamquàm non nisi à posteriori sciamus, quæ corpora planè non, & quæ parùm admodùm evaporari queant.

2°. Sal ammoniacum & mercurius aliaque corpora in leni calore planè non mutentur in vapores, itemque sal ammoniacum non mutetur in sal volatile, si calidum & siccum, sali tartari sicco & calido misceatur, nisi major ignis adhibeatur gradus, vel etiam sub haud sensibili caloris gradu, humidum accedat : (Paragr. 63. n°. 2.)

3°. Aqua frigida minùs longè evaporet quàm calida, & hæc minùs quàm ebulliens ; oleum & sebum in flammam non mutentur, nisi sint calida ; ferrum candens

dens *scintillas haud dimit-*
tat, nisi in carbonibus can-
dentibus folle agitatis hasc-
rit; (*Parag.* 63. *n°.* 3. 4.
& 6.)

4°. *Major sit evaporatio*
in igne rotæ vel reverberii,
quàm in igne arenæ, &
major in igne arenæ quàm
in balneo Mariæ, & major
in hoc quàm im balneo va-
porum; itemque quarè sal
commune & nitrum non di-
mittant spiritum acidum,
nisi vel bolus vel oleum vi-
trioli accedant. (*Parag.* 63.
n°. 2. 4. *& 7.*)

5°. *Flumina tempore noc-*
turno, quo nempe aër est
frigidior, vel etiam tunc,
quandò eorum aqua in gla-
ciem est abitura, tantam
quantitatem vaporum in
aërem dimittant, ut fuman-
tia quasi appareant. (*Parag.*
63. *n°.* 5.)

6°. *In retortis & cucurbi-*

qu'ils ne soient chauds ; pourquoi
le fer embrasé ne jette pas des
étincelles ; s'il n'a pas demeuré
entre des charbons ardens agités
par un soufflet, ce qui se déduit
du même Paragraphe 63. nombre 3. 4. & 6.

4°. Pourquoi l'évaporation est
plus grande au feu de roüe ou de
reverbere qu'au feu de sable, au
feu de sable qu'au bain Marie, au
bain Marie qu'au bain des Vapeurs;
comme aussi pourquoi le sel commun & le Nitre ne se défont pas
de leur esprit acide, sans l'intervention du bol, ou de l'huile de
Vitriol ; ce qui s'explique par le
Paragraphe 63. nombre 2. & 7.

5°. Pourquoi les Fleuves pendant la nuit, tems où l'air est le
plus froid, ou même lorsque leur
eau est disposée à se glacer, en-
voyent en l'air une si grande quantité de Vapeurs, qu'ils paroissent
fumans. On en trouvera l'explication dans le Paragraphe 63. nombre 5.

6°. Pourquoi dans les cornuës

K

& les curcubites, ou dans des vessies couvertes d'un alembic, il se fait une moindre évaporation que dans l'air libre, & pourquoi aucune flamme ne peut se maintenir dans un air dont la chaleur est excessive, comme dans la partie supérieure du fourneau; ce qui se voit au Paragraphe 63. nombre 5. & 6. car je mets la flamme au nombre des Vapeurs.

7°. Pourquoi la Terre humide est plutôt, ou du moins aussi promptement desséchée par les vents, sans la chaleur du Soleil que par la chaleur du Soleil sans le secours du vent; & pourquoi l'eau bouillante s'évapore plutôt, si auprès de sa surface on a soin d'agiter l'eau avec un éventail, ou de quelque autre façon, que si on néglige de donner cette agitation à l'air; ce qui est expliqué Paragraphe 63. nombre 8.

§. LXV.

Puisque chacune des causes de l'évaporation, lorsque sa force est augmentée, produit une évaporation plus copieuse, l'évapora-

tis vel vesicis alembico tectis, minor sit evaporatio quàm in aëre liberiori; & nulla flamma in aëre admodùm calido, ut in superiore parte præfurnii, subsistere queat; (Parag. 63. n°. 5. & 6.) flammam enim inter vapores refero.

7°. Tellus humida citiùs, vel saltem æque citò, per ventos sine calore Solis, quàm à calore Solis sine vento exsiccetur, & aqua ebulliens citiùs in vapores mutetur, si juxtà superficiem ejusdem aër flabello vel alio modo agitetur, quàm si hæc aëris agitatio omittatur. (§. 63. n°. 8.)

Cùm singulæ evaporationis causæ auctæ copiosiorem producant evaporationem, major adhuc hæc erit, si plu-

res evaporationis causæ majori gradu concurrant.

tion sera encore plus grande si plusieurs causes concourent dans un plus grand degré d'action.

§. LXVI.

Quamquàm verò omnia Paragrapho 62. adducta sint veræ ascensûs vaporum causæ, ex nulla tamen earum, si aëris motum exceperis, vapores ad eam, ad quam actu perveniunt, ascendere queunt altitudimem: Vapores enim, quòusque in aërem ascendunt, omni momento novam ab aëre sentiunt resistentiam, causæ verò dictæ moventes vel sunt tantùm momentaneæ, vel brevi cessant, vel aliter minimùm determinantur.

Quoique toutes les choses que nous avons raportées dans le Paragraphe 62. soient de véritables causes de l'évaporation, cependant il n'en est aucune, si l'on en excepte le mouvement de l'air, qui puisse faire monter les Vapeurs à la hauteur actuelle à laquelle elles s'élévent. En effet tandis que les Vapeurs montent en l'air, elles éprouvent à chaque moment de la part de l'air une nouvelle résistance ; or les causes mouvantes que nous avons assignées, ou sont seulement momentanées, ou cessent bien-tôt, ou changent très peu leur détermination.

§. LXVII.

Elaterem aëris, corporibus inclusi, per calorem auctum, momentaneam tantùm esse evaporationis causam, suprà Parag. 57. ostendimus. De reliquarum igitur evaporationis causarum duratione,

Nous avons déja démontré dans le Paragraphe 57. que le ressort de l'air renfermé dans les Corps, & augmenté par la chaleur, n'é-toit qu'une cause momentanée de l'évaporation ; il nous reste donc encore quelque chose à dire, tou-

K ij

chant la durée des autres caufes de l'évaporation, pour trouver la véritable caufe qui produit l'élévation ultérieure des Vapeurs.

pauca adhuc dicenda funt, ut genuinam ulterioris afcenfûs inveniamus caufam.

§. LXVIII.

Puifque de quelque Corps que ce foit dans lequel le feu fe trouve en grande quantité, il paffe dans quelque Corps contigu qui eft moins chaud, il paffera des Vapeurs dans l'air contigu qui n'eft pas fi chaud, & d'autant plus promptement que les Vapeurs font plus petites, & que par conféquent moins de Molécules ignées peuvent s'attacher à elles, & que la furface par laquelle ces · Molécules paffent de la Vapeur dans l'air, eft proportionnellement plus grande.

Une preuve *à pofteriori* de ce prompt paffage des Molécules ignées fe tire du peu de hauteur de la flamme d'une chandelle ; car fi les Molécules du fuif, lorfquelles paffent dans l'air, confervoient la même quantité de Molécules ignées dont elles font imprégnées en fortant du lumignon,

Ignis, cùm ex corpore quocumque in quo abundanter hæret, in contiguum minùs calidum corpus tranfeat, etiam à vaporibus in aërem contiguum minùs calidum tranfibit ; idque tantò citiùs, quò vapores funt minores, hinc quò pauciores igneæ iifdem adhærere valent, & quò major relativè eft fuperficies per quam ex vapore in aërem tranfeunt.

Probat à pofteriori hunc celerem particularum ignearum tranfitum brevitas flammæ candelæ ; fi enim particulæ febi candem, quam poffident, dùm ex ellychnio prodeunt, confervarent ignearum particularum quantitatem ; mane-

rent candentes , hinc flamma ibi foret , ubi hæ sebi sunt particulæ , id quod tamen est contrà experientiam : Sebi enim particulæ longè ultrà flammam ascendunt, uti nigredo docet, quàm corpora suprà flammam , ad pedis & ultrà distantiam posita acquirunt. Cessante igitur calore, cessat & hæc ascensûs vaporis causa. Immò tametsi ad tempus vapores suum conservent calorem , tendent tamen ex calore, quàm primùm in aëre hærent, quaquaversùs æqualiter, ubivis enim ab aëre continguntur: Hinc ex suo calore se se movere nequeunt , nisi aër ambiens sit inæqualiter calidus.

elles demeureroient embrasées ; par conséquent on verroit la flamme jusqu'à l'endroit où ces Molécules de suif s'élévent ; ce qui est contraire à l'expérience: car les Molécules du suif montent beaucoup plus haut que la flamme, comme on peut s'en convaincre par la noirceur que contractent les Corps qui sont placés à plus d'un pied de distance au-dessus de la flamme. Il est donc certain que la cessation de la chaleur fait cesser cette cause de l'élévation de la vapeur. A suposer même que les Vapeurs conservent long-tems leur chaleur , cependant dès-qu'elles seront adhérentes à l'air, cette chaleur sera le principe qui les obligera à se disperser également de tous les côtés, puisque l'air les touche de toutes parts. Les Vapeurs ne peuvent donc pas se mouvoir par le principe de leur chaleur, si elles ne rencontrent un degré inégal de chaleur dans les parties de l'air environnant.

§. LXIX.

Par est ratio si eam motûs vaporum consideres causam, quâ vapores in aërem transeunt ,

Une autre raison d'égale force se tire de la considération de la cause du mouvement par lequel les Vapeurs paſſent dans l'air. Nous avons établi Paragraphe 60. que cette cauſe eſt l'adhéſion des Vapeurs avec l'air par un endroit, & avec le feu par l'autre. Car lorſque la Vapeur eſt arrêtée dans l'air, l'air lui adhére également de tous les côtés ; par conſéquent la Vapeur tendra auſſi également vers tous les côtés, c'eſt-à-dire, qu'elle ſera dans un parfait repos. Ce n'eſt donc que dans le poids de l'air & dans ſon mouvement qu'il faut chercher la cauſe ultérieure de l'élévation.

quia à aër vaporibus ex una parte ex altera ignis adhæret : (§. 60.) Vapori enim in aëre hærenti ab omni plaga adhæret aër æqualiter ; ergò vapor quoque versùs omnes plagas æqualiter tendet, id eſt, quieſcet. In pondere igitur & motu aëris tantum ulterior aſcensûs erit quærenda cauſa.

§. LXX.

A la vérité le poids de l'air ne peut pas élever la Vapeur, puiſque les Vapeurs de l'eau, par exemple, ſont près de mille fois ſpécifiquement plus peſantes que l'air ; mais comme tout Corps qui eſt arrêté dans un fluide, & qui remplit l'eſpace que ce fluide devroit occuper, eſt pouſſé vers le haut par toute la peſanteur de la quantité du fluide, qui fait effort pour reprendre l'éſpace rempli par ce Corps, la Vapeur ſera preſſée par l'air vers le haut, avec

Pondus aëris vaporem quidem sursùm pellere nequit, quià vapores, aquæ v. g. millies ferè aëre ſunt ſpecificè graviores. Quià verò omne corpus in fluido hærens & ſpatium à fluido occupandum replens, tantâ vi premitur sursùm, quantum eſt pondus fluidi, quod in corporis contenti locum ſuccedere poteſt, etiam vapor ab aëre premetur sursùm, tantâ vi, quæ ponderi iſtius quan-

titatis aëris est æqualis, quæ
vaporis locum occupare potest,
id est in vapore aqueo mille-
simâ circiter parte ponderis
vaporis.

une force égale au poids de toute
la quantité d'air qui peut occuper
l'espace de la Vapeur ; c'est-à-dire,
qu'une Vapeur aqueuse sera pres-
sée en haut , environ par une milliéme partie de son poids.

§ LXXI.

Nil igitur nisi motus aë-
ris ulteriorem vaporum as-
censum actu producere valet.
Explicandum ergò adhuc
restat , quid motum aëris ,
ejusque directionem sursùm,
tempore evaporationis produ-
cat.

Il n'y a donc rien qui puisse
produire actuellement l'élévation
ultérieure des Vapeurs , que le
mouvement de l'air. Par conséquent il nous faut encore expliquer, quelle est la cause qui ,
dans le tems de l'évaporation ,
produit ce mouvement de l'air &
sa direction.

§ LXXII.

Necessariò verò hic aëris
motus sursùm versùs , ab
ipsis vaporibus calidis , ex
dictis causis (S. 62. n°. 2.
B., & n° 3. A. & B.) in
aërem delatis , producitur.
Transit enim calor ex vapo-
ribus calidis in aërem vapo-
res contingentem, (S. 68.)
unde hic calefit & expandi-
tur ; ergò aëre ambiente fit
specificè levior , hinc ab hoc

Or ce mouvement de l'air & sa
direction vers le haut , sont nécessairement produits par les Vapeurs mêmes , qui sont échauffées
lorsqu'elles sont portées dans l'air
par les causes expliquées dans le
Paragraphe 63. nombre 2. lettre
B. & nombre 3. lettres A. & B. car
la chaleur passe des Vapeurs
échauffées dans l'air qui touche
les Vapeurs (Paragraphe 63.)
d'où il arrive que cet air s'échauffe

& se dilate; par conséquent il devient spécifiquement plus léger que l'air environnant, par lequel il est pressé vers le haut : Cet air environnant suit l'air dilaté qui lui céde la place, & qui étant mis en mouvement vers le haut, emporte avec soi les Vapeurs qui lui sont attachées, comme nous l'avons montré Paragraphe 31. nombre 2.

sursùm premitur. Ipse aër ambiens hunc cedentem sequitur, & sic aër, in motu superiora versùs constitutus, vapores ibi hærentes secum evehit. (§. 31. n°. 2.)

§. LXXIII.

Nous devons donc reconnoître la Bonté Divine, qui éclate en ce que non-seulement elle a donné l'élasticité a l'air en le créant, mais encore la proprieté d'augmenter son élasticité par la chaleur; car de cette proprieté de l'air, il resulte,

Patet igitur benignitas divina ex eo quòd aër creatus sit non solùm elasticus, sed & tali gaudeat proprietate, ut à calore fiat magis elasticus: Hâc enim aëris proprietate fit,

1°. Que les Vapeurs nuisibles sont détachées de la Terre habitée par les Hommes & les Animaux, & portées dans un lieu plus élevé.

1°. Ut vapores noxii ab hominibus animalibusque separentur, & in altiorem deferantur locum.

2°. Que les Vapeurs humides qui s'élévent en haut du sein des eaux, & des autres lieux humides sont portées dans des contrées éloignées & séches, où en humectant les Terres, elles contri-

2°. Ut vapores humidi, ex aquis aliisque locis humidis in altum elevati, ad remotas siccasque regiones deferri, & hæ pro nutritione herbarum, humectari queant.

3°. Ut

buent à la nutrition des herbes.

3°. *Ut iidem vapores in superiore regione constituti radios solares intercipere, hinc plantas, animalia & homines, à nimio calore, ex constanti radiorum solarium actione, durante æstate oriundo, defendere queant.*

3°. Que ces mêmes Vapeurs placées dans la région supérieure de l'air, interceptent une partie de l'activité des rayons du Soleil, & par conséquent garantissent les Plantes, les Animaux & les Hommes d'une chaleur excessive, qui seroit occasionnée durant l'Eté, par la continuité d'action des rayons du Soleil.

4°. *Ut causæ, vapores elevantes, omnes, (S. 62.) omni momento quasi renovari, hinc evaporationes, quousque partes evaporabiles adsunt, continuari queant: Novus enim, isque minùs calidus aër, dùm omni momento ad corporis evaporandi superficiem defertur, (S. 72.)*

4°. Que toutes les causes qui contribuent à l'élévation des Vapeurs peuvent en quelque maniere se renouveller à tous les instants; & conséquemment les évaporations se continuer aussi long-tems, qu'il se présente des parties qui en sont susceptibles : car un air nouveau dans un moindre degré de chaleur est porté à chaque moment vers la surface du Corps qui doit s'évaporer, comme on a vû Paragraphe 72.

A) *Hoc ipso aëris motu novæ particulæ, tam ab aliis cohærentibus separantur, quàm in aërem deferuntur: (Parag. 61.)*

A) Ce même mouvement de l'air ne contribuë pas moins à séparer des autres parties de nouvelles Molécules, qu'à les porter dans l'air (Paragraphe 61.)

L.

B) Ce nouvel air s'attache auffi continuellement aux nouvelles Molécules qui doivent s'évaporer, comme nous l'avons expliqué dans le Paragraphe 60.

C) Le feu se fait auffi fans ceffe un nouveau paffage dans l'air (Paragraphe 39.) lequel paffage cefferoit bien-tôt, fi l'air après avoir été échauffé par les Vapeurs, s'arrêtoit avec elles autour du Corps fufceptible d'évaporation, parce que jamais le feu ne paffe d'un Corps chaud, dans un autre, qui à raifon de fa pefanteur fpécifique foit également chaud. (Paragraphe 63. nombre 5.)

B) *Novus quoque aër novis adhæret particulis evaporandis,* (*Parag.* 60.)

C) *Novus quoque ignis in aërem fit tranfitus,* (*Paragraph.* 39.) *qui brevi cefaret, fi aër, à vaporibus calefactus, unà cum vaporibus, circà corpus evaporabile fubfifteret, quià ignis nunquàm ex calido, in aliud, pro fua gravitate fpecifica æque calidum tranfit.* (*Parag.* 63. *n°.* 5.)

§. LXXIV.

Si l'évaporation fe fait dans des vafes fermés, les caufes de l'évaporation font à la vérité femblables ; cependant le mouvement de l'air eft produit par une autre caufe ; car lorfqu'on opére dans un alembic, ou dans une cornüe, fans apliquer aucun récipient au bec de l'alembic, ou au col de la cornüe ; ou que celui qu'on aplique eft fitué de façon que l'air

In vafis claufis, fi fiat evaporatio, caufæ quidem omnes funt fimiles, motus tamen aëris ex alia producitur caufa; in vafis enim, in quibus extremitati roftri alembici, aut collo retortæ, vel nullum, vel ità vas recipiens applicatur, ut aër inclufus ex vafe recipiente abire queat, primus aëris motus

versùs vas recipiens, ex ela-
tere ejufdem per calorem auc-
to oritur: Confervatur verò
idem motus, partim per aë-
rem ex corpore deftillando
conftanter prodeuntem, par-
tim per aërem frigidum, qui
per inferiorem partem colli re-
tortæ conftanter intrare poteft.
In vafis verò quantùm fieri
poteft claufis, is aër, qui
fuperficiei corporis evaporan-
di proximus eft, maximo
calefit gradu. Hinc non fo-
lùm, tanquàm reliquo minùs
calido levior, afcendit, &
feceffu fuo, reliquo locum,
quem occupare poffit, conce-
dit, fed & ipfe, elatere fuo
aucto, premit frigidum mi-
nùs elafticum, in vafe re-
cipiente hærentem; ergò,
dùm hic, quatenùs compri-
mitur, cedit, expanfus quo-
que in vas recipiens tranfit.
Aër igitur in vafe recipiente
quoque magis comprimitur,
ergò magis fit elafticus, hinc
magis quàm in ftatu natura-

renfermé dans le recipient a la liberté d'en fortir, le premier mouvement de l'air vers le recipient eft
produit par le reffort de l'air augmenté par la chaleur ; & ce même
mouvement fe conferve en partie
par le moïen de l'air qui fort continuellement du Corps qui eft en
diftilation, en partie par l'air froid
qui peut inceffamment entrer par
la partie inférieure du col de la
cornüe : Mais lorfque les vaiffeaux
font auffi fermés, qu'ils peuvent
l'être, l'air le plus voifin de la
furface du Corps qu'on doit faire
évaporer, acquiert un très grand
degré de chaleur, & par ce moïen
non-feulement il monte, comme
étant plus léger que tout celui qui
eft chaud dans un moindre degré
& qui par conféquent a la liberté
d'occuper la place abandonnée
par l'air dilaté ; mais encore ce
même air après avoir augmenté
fon reffort, preffe l'air froid,
moins élaftique enfermé dans le
recipient;donc tandis que celui-ci
céde à la force de la compreffion,
celui qui eft dilaté paffe auffi dans

le recipient ; donc l'air enfermé
dans le recipient eſt encore plus
comprimé ; donc il acquiert plus
d'élaſticité, & par conſéquent il
ſe diſperſe de toutes parts plus
que lorſqu'il étoit dans ſon état
naturel. Il s'ouvre donc une porte
ou bien il retourne à la place abandonnée par l'air dilaté ; c'eſt-à-
dire, vers la ſurface du Corps ſuſceptible d'évaporation. De-là re-
ſulte un mouvement de circula-
tion, qui ſe conſerve & ſe perpe-
tüe ; parce que le réſſort de l'air
diminuë toujours, dès-qu'il paſſe
dans le recipient, attendu qu'il
va dans un lieu plus froid, & que
ſurface du Corps ſuſceptible d'évaporation ; ce même reſ-
fort augmente toujours, auſſi-tôt qu'il rentre dans le
vaiſſeau où ſe fait la diſtilation.

li tendit quaquà versùs. Ergò portam ſibi aperit, aut ad
eum redit locum, ex quo aer,
calore expanſus, ſeceſſit, id
eſt ad ſuperficiem corporis e-
vaporabilis. Hinc motus oritur circulatorius, qui conſer-
vatur eò quòd aëris in vas
recipiens tranſeuntis elater
ſemper decreſcit, quià in locum abit frigidum, redeun-
tis verò ad ſuperficiem corporis evaporabilis ſemper creſ-
cit, quamprimùm in vas,
ex quo fit deſtilatio, redit.
lorſqu'il retourne vers la

§. LXXV.

Si les Vapeurs n'ont qu'un foi-
ble degré de chaleur, & qu'elles
paſſent dans un air froid, les Vapeurs auront bien-tôt perdu leur
chaleur ; conſéquemment le mouvement ceſſera bien-tôt dans l'air
qui l'a produit : C'eſt par cette
raiſon que les Vapeurs ne s'élévent

Si vapores debilem tan-
tùm poſſideant caloris gradum, & aër ſit frigidus,
citò vapores ſuum amittent
calorem, ergò brevi quoque
motus in aëre indè oriundus
ceſſabit : Undè quoque eſt,
quòd vapores, noctu, tem-

pore æstivo, vel etiam hieme, tempore diurno, parùm super flumina vel lacus elevantur : Potest tamen necessarius calor, hinc motus aëris restitui , si regio vaporibus repleta à sole illuminetur; tanta enim si sit vis radiorum solarium, ut aërem sensibiliter calefacere queat , majori gradu calefiet iste vaporibus repletus , quàm serenus aër ambiens , quià iste hoc est densius corpus , omne verò corpus, quò magis est densum, tanto majori gradu calefieri potest.

qu'en petite quantité sur les Fleuves & sur les Lacs pendant les nuits d'Eté, & même pendant le jour en tems d'Hiver. Cependant la chaleur nécessaire à l'élévation des Vapeurs peut être rétablie , & par conséquent le mouvement de l'air si une région remplie de Vapeurs est éclairée par le Soleil ; car si la force des raïons du Soleil est assez grande pour échauffer l'air semblablement , cet air rempli de Vapeurs recevra un plus grand degré de chaleur par les rayons du Soleil, que l'air environnant qui est serein, puisque le premier air est un Corps plus épais que l'autre ; & que les Corps sont susceptibles d'une plus grande chaleur à proportion de leur densité.

§. LXXVI.

Quamquàm verò , si etiam vapor semper à sole calefactus ponatur, ad magnam altitudinem vapores elevari sic queant, non tamen per totum aërem elevari possunt , quià aër superior quovis inferiore est magis rarefactus. Ex hac

Cependant quoique les Vapeurs puissent être élevées à une hauteur considerable , si on suppose qu'elles soient toujours échauffées par le Soleil, elles ne peuvent pourtant pas être élevées à toute la hauteur de l'air ; parce que l'air supérieur est plus rarefié

que tout autre des régions infé-
rieures. En effet, de cette difpo-
fition de l'air, il fuit, que,

1°. Les parties ignées qui font
en cohéfion avec le Corps par-
viennent en plus petite quantité à
toucher l'air rarefié qu'il n'y en
avoit dans l'air épais : donc,

2°. Il paffe moins de ces parties
ignées dans l'air rarefié que dans
l'air épais, comme on l'a remar-
qué Parag. 33. nomb. 5. donc,

3°. L'air fupérieur eft moins
dilaté par la chaleur que l'air inférieur ; d'où vient que,

4°. L'équilibre dans l'air ne
reçoit pas un changement con-
fiderable, au contraire,

5°. Si nous concevons les Molécules de l'air de figure fphérique
comme le font les Molécules des
autres fluides, puifque les Molécules de l'air fupérieur, étant
moins comprimées, font plus
grandes que celle de l'air inférieur, elles doivent avoir des interftices plus grands ; donc un
interftice de l'air fupérieur fuffit

enim aëris conditione fequi-
tur, ut

1°. Pauciores partium ig-
nearum, vapori cohærentium,
aërem contingant rarefac-
tum quàm denfum; ergò

2°. Pauciores quoque ig-
neæ in rarefactum quàm
denfum tranfeant, (Parag.
33. n°. 5.) ergò

3°. Aër quoque fuperior,
minori gradu quàm inferior,
à calore vaporis expandatur,
hinc

4°. Æquilibrium quoque
in aëre parùm mutetur. Contrà verò,

5°. Si particulas aëris no-
bis concipiamus fphæricas,
quales funt reliquorum fluidorum particulæ, cùm fupe-
riores, quippè minùs compref-
fæ, inferioribus funt majo-
res, majora quoque ut ha-
beant interftitia neceffe eft;
ergò plures vapores in uno
interftitio concurrere, & in-

*ter se cohærcere possunt, &
actu concurrunt, quàm in
aëris inferioris interstitiis ;
ergò vapores superiores inferioribus sunt graviores, hinc
causæ elevanti magis resis-
tunt.*

pour loger & loge en effet ensemble un plus grand nombre de
Vapeurs, qui s'y trouvent en cohéfion entr'elles, qu'un interstice
de l'air inférieur. Donc les Vapeurs les plus élevées sont plus
pesantes que celles qui sont au-
dessous ; donc elles résistent plus
à la cause qui les éléve.

§. LXXVII.

*Cùm igitur durante ascensu
vaporum vis elevans cons-
tanter decrescat, (Parag. 76.
n°. 1. ad 4.) resistentia verò
corporis elevandi constanter
crescat, (Parag. 76. n°. 5.)
non possunt non hæ vires tan-
dem fieri æquales. Hinc vapor, si non quiescet, saltem
ulterius haud ascendet.*

Puisque donc la force élevante
diminuë continuellement pendant
tout le tems que la Vapeur s'é-
léve, comme on vient de le voir
Paragraphe 76. depuis nombre 1.
jusques à 4. & que pendant le
même tems la resistance du Corps
qui doit être élevé augmente avec
la même continuité, suivant le
même Paragraphe 76. nombre 5.
il est impossible que ces forces
contraires ne deviennent enfin égales. Donc si la Vapeur
n'acquiert pas un parfait repos, du moins elle ne s'é-
levera pas au delà.

§. LXXVIII.

*Altitudo ad quam vapo-
res ascendunt non quidem
pro omnibus vaporibus est
eadem, nec pro similibus va-*

La hauteur à laquelle les Vapeurs s'élèvent, n'est pas la même
à l'égard des Vapeurs de toutes
les espéces ; elle ne l'est pas non-

plus à l'égard des Vapeurs semblables, dans tous les tems de
l'année ; parce que des Vapeurs
différentes ont une diverse pesanteur, tant spécifique qu'absoluë,
& que suivant les divers tems de
l'année la chaleur, la pesanteur
& la densité de l'air sont différentes. De-là il résulte, que les
Vapeurs plus légéres s'élévent à
une plus grande hauteur que les
plus pesantes, & que les Vapeurs
semblables montent à une plus
grande hauteur, dans un air plus
pesant ou plus comprimé, que
dans un air plus léger. Cependant l'expérience nous aprend,
que rarement, ou jamais, les
Vapeurs aqueuses ne s'élévent au-
dessus d'un demi mille d'Alle-
magne ; c'est-à-dire, 9652. pieds
de Paris, ce qui est hors de doute,
parce qu'un spectateur placé sur
le sommet d'une Montagne, qui
n'a que cette hauteur, voit les
nuages se former sous ses pieds,
& voit toujours le Ciel à découvert.

*poribus omni tempore anni
eadem esse potest, quià di-
versi vapores diversam habent gravitatem tam specificam quàm absolutam, &
diversis anni temporibus calor, gravitas & densitas,
aëris sunt diversa ; unde sequitur, ut leviores vapores
ad majorem præ gravioribus
ascendant altitudinem, & in
aëre quoque graviori, sive
magis compresso, major sit
similium vaporum ascensus
quàm in aëre leviori: Experientia tamen docet, vapores
aqueos rarò vel nunquàm ad
altitudinem dimidio millia-
ri Germanico, sive 9652.
pedibus Parisinis æqualem,
ascendere ; id quod ex eo patet, quià spectator in cacu-
mine montis dictæ altitudi-
nis constitutus, omnes nubes
sub suis videt pedibus, &
cœlum semper habet serenum.*

Parag. 79.

§. LXXIX.

Nullus vapor tantus est, Il n'est point de Vapeur, qui
ut unicus, radiis à se flexis toute seule soit assez grande, pour
vel ex se abeuntibus, videri être visible par les rayons qu'elle
queat. (§. 4.) *Vapores ergo* réfléchit, ni par ceux qui sortent
eùm in se sint insensibiles, d'elle, comme il a été dit, Pa-
copiâ tantùm suâ fiunt vi- ragraphe 4. les Vapeurs étant
sibiles : Hoc si fiat ob radios donc insensibles en elles mêmes,
ex ipsis vaporibus prodeun- ne deviennent visibles que par
tes, id est quià vapores sunt leur assemblage en une quantité
candentes, congeries vapo- copieuse. Lorsque cela arrive par
rum visibilium flamma di- des rayons qui partent des Va-
cetur. Quòd si verà ob id peurs même ; c'est-à-dire, parce
tantùm fiunt visibiles, quià que les Vapeurs sont embrasées,
radios, per istum locum ubi l'amas des Vapeurs visibles est ap-
sunt vapores, transituros, pellé flamme. Mais si elles ne de-
vel reflectunt vel millies viennent visibles, que parce qu'-
frangendo non transmittunt, elles réfléchissent les rayons, qui
sed absorbent, hinc regionem devroient passer par l'endroit
istam aëris reddunt opacam, qu'elles occupent, ou parce qu'-
erunt vel humidi, vel sic- elles les absorbent en les rom-
ci. Humidi si sint, (vel pant mille fois, sans les trans-
etiam sicci, modò non ni- mettre , elles rendent opaque
grescant) & in inferiore aë- ou ténébreuse cette partie de
ris hæreant regione, nebulæ l'air ; elles sont ou humides ou
acquirunt nomen, vel etiam séches : Si elles sont humides ,
nubis, in aëre si hæreant su- même si elles sont séches, pourvû
periore , cujuscumque aliàs qu'elles ne soient pas envelopées
sint conditionis : Siccorum de noirceur, & qu'elles soient

M

placées dans la région inférieure de l'air, on les connoît sous le nom de nuage, & si elles sont élevées dans la région supérieure de l'air, on leur donne aussi le nom de nuée, de quelque nature qu'elles soient à tous autres égards ; mais l'amas sensible, & couvert de noirceur, des Vapeurs séches, arrêtées dans l'air inférieur, est appelé fumée.

verò vaporum congeries sensibilis & nigricans, in inferiore aëre hærens, fumus appellatur.

§. LXXX.

Les Vapeurs élevées en l'air, s'y soutiennent pendant quelque tems ; cependant comme elles sont spécifiquement plus pesantes que l'air, Paragraphe 55. elles peuvent être soutenuës par le poids de l'air, non pas à la vérité totalement, mais environ d'une milliéme partie seulement. J'ai fait voir dans les Paragraphes 71. 72. & 73. que le mouvement de l'air éléve les Vapeurs ; il peut aussi quelque fois contribuer à les soutenir ; savoir, lorsque l'effort par lequel l'air mis en mouvement vers le haut, agit sur la Vapeur, est égal au poids de la Vapeur. Mais puisque les Vapeurs se soutiennent dans l'air,

Elevati in aëre vapores ad tempus in eodem sustentantur. Cùm igitur aëre sint specificè graviores, (§. 55.) à pondere aëris non quidem ex toto, sed quòd ad millesimam partem circiter tantùm sustentari queunt. Motu aëris elevantur quidem vapores (Parag. 71. 72. 73.) & fieri quoque potest, ut interdùm vapores motu aëris sustententur, si nempè impetus, quo aër sursùm commotus agit in vaporem, hujus ponderi est æqualis. Quià verò etiam vapores in aëre, quantùm fieri potest, quiescente hærent, alia ut hujus susten-

tationis sit causa necesse est, quæ verò, cùm externum sustentans corpus haud adsit, non nisi in cohæsione particularum aërearum inter se quæri potest. (Parag. 25.) Demonstrandum igitur adhuc erit, cohæsionem particularum aërearum pondere vaporum esse majorem.

aussi tranquille qu'il peut l'être, il faut nécessairement qu'il y ait quelque autre cause qui les soutienne, & n'y ayant point de Corps externe d'où cela puisse provenir, on ne peut chercher cette cause que dans la cohésion des Molécules aëriennes entr'elles (Paragraphe 25.) il nous faut donc présentement démontrer, que la cohésion des Molécules aëriennes entr'elles est plus grande que le poids des Vapeurs.

§. LXXXI

Guttula saponati expandatur, flatu oris per stipulam, in bullulam, cujus diameter sit ad diametrum bullulæ ut 1. ad 20. erit circulus maximus guttulæ ad circulum maximum bullulæ ut 1. ad 400. ergò ad superficiem bullulæ, ut 1. ad 1600. sustentatur talis bullula ex cohæsione cum stipula. Partes igitur istæ saponati, quæ stipulæ non ampliùs sunt contiguæ, contingentibus tamen sunt proximæ, & quas in peripheria circulari quasi, cir-

Soit dilatée jusqu'à en faire une bulle, en soufflant avec la bouche dans une paille, une petite goutte d'eau de savon, dont le diamettre soit au diametre de la bulle comme 1. à 20. le plus grand cercle de la petite goutte sera au plus grand cercle de la bulle comme 1. à 400. & conséquemment à la surface de la bulle, comme 1. à 1600. cette bulle est soutenuë par sa cohésion avec la paille. Or les parties de l'eau de savon qui ne sont plus contiguës à la paille, mais qui sont les plus prochaines de celles qui la touchent, de sorte que nous les pouvons concevoir autour de la paille dans la circonférence circulaire, ces parties, dis-je, ont une telle cohésion avec celles qui touchent la paille, c'est-à-dire, avec les parties homogenes, que leur cohésion ne peut pas être dérangée par le poids entier de toutes les autres parties qui composent l'envelope de la bulle, & qui ne touchent point la paille ; donc la cohésion des parties aqueuses dont cette circonférence circulaire est composée, avec les parties de même nature qu'elles, est du moins égale au poids de toutes les autres Molécules aqueuses, dont l'envelope de la bulle est composée.

cà stipulam concipere licet, tantùm cum contingentibus stipulam, id est cum homogeneis partibus cohærent, ut earum cohæsio à pondere omnium reliquarum, crustam bullulæ constituentium, & stipulam non contingentium, superari nequeat. Ergò cohæsio particularum aquearum, dictam peripheriam circularem componentium, cum homogeneis, minimùm æqualis est ponderi omnium reliquarum particularum aquearum ex quibus crusta est conflata.

§. LXXXII.

Par conséquent dès-que nous aurons trouvé la proportion du nombre des Molécules aqueuses renfermées dans cette circonférence circulaire dont il a été parlé dans le Paragraphe 81. avec le nombre des Molécules dont l'envelope ou la croute est composée, nous aurons par ce moyen la raison qui est entre le poids particu-

Inventâ igitur ratione numeri particularum aquearum in dicta peripheria (Parag. 81.) hærentium, ad numerum particularum crustæ, inventa erit ratio, inter pondus proprium particularum aquearum peripheriæ dictæ, & earundem cum aliis homogeneis cohæsionem.

lier des feules Molécules aqueufes de ladite circonférence, & la cohéfion de ces mêmes Molécules avec les autres de même nature.

Eft enim pondus earum ad pondus omnium particularum cruftæ, ut numerus iftarum ad numerum harum: (funt enim partes homogéneæ.) Cum igitur cohæfio iftarum in peripheria fit æqualis ponderi omnium in crufta, (Parag. 81.) erit quoque pondus partium in peripheria ad cohæfionem earundem cum homogeneis, ut numerus earundem ad numerun omnium in crufta.

En effet, le poids des Molécules de ladite circonférence eft au poids de toutes les Molécules qui compofent l'envelope de la bulle, en même raifon que le nombre de celles-ci au nombre de celles-là, puifque ce font des parties homogénes ; puifque donc la cohéfion des parties qui font dans la circonférence eft égale au poids de toutes celles qui compofent l'envelope (Paragraphe 81.) le poids des parties qui font dans la circonférence, fera à la cohéfion des mêmes parties avec les

autres parties homogénes, comme leur nombre eft au nombre de toutes celles qui compofent la croute, ou l'envelope de la bulle.

§. LXXXIII.

Pro invenienda ratione dictorum numerorum (Paragrapho 82.) affumo,

A) Peripheriam dictam effe peripheriam circuli maximi alicujus guttulæ, id quod experientia oftendit.

Pour trouver la raifon qui eft entre ces nombres (Parag. 82.) je veux

A) Que cette circonférence foit celle du plus grand cercle d'une petite goutte, ce que l'expérience fait voir.

B.) Que cent Molécules aqueu-ses composent le diametre de ce cercle ; ce qui est arbitraire , parce que la même raison subsistera , quelque nombre de Molécules que vous assigniés au diametre. Cela supposé

1°. Le nombre des Molécules aqueuses renfermées dans ladite circonférence sera égal à 314. &

2°. Le nombre des Molécules aqueuses qui rempliront l'aire de ladite périphérie , c'est-à-dire , du plus grand cercle décrit par la pe-tite goutte , suivant ce qui est dit , nombre A, sera égal à 7850. donc,

3°. Le nombre de toutes les Molécules qui composent l'enve-lope sera égal à 12560000. donc

4°. Le nombre des parties aqueuses immédiatement conti-guës à celles qui touchent la paille, est au nombre de toutes les parties aqueuses dont l'envelope est com-posée , comme 314. à 12560000. égal à $\frac{1}{4}$0000. & le poids des parties aqueuses immédiatement contiguës à celles qui touchent la paille , sera dans la même rai-

B.) *Centum particulas a-queas componere diametrum istius circuli ; id quod pro arbitrio assumitur , quià ea-dem manebit ratio , quotquòt particulas dictæ diametro tri-buas. Et erit*

1°. *Numerus particula-rum aquearum in dicta pe-ripheria* =314. *&*

2°. *Numerus particula-rum aquearum, aream dictæ peripheriæ replentium , id est circuli maximi guttulæ (n. a.)* =7850. *Ergò.*

3°. *Numerus omnium parti-cularũ crustæ* =12560000. *(§. 81. ;) ergò*

4°. *Numerus partium a-quearum , contingentibus sti-pulam proximè contiguarum, est ad numerum omnium partium aquearum in tota crusta bullulæ , ut* 314. : 12560000. = $\frac{1}{4}$0000. *& in eadem ratione erit pondus partium aquearum , contin-gentibus stipulam proximè* *contiguarum , ad earundem cum contingentibus , id est cum homogeneis adhæsionem. (§. 81. 82.)*

son à la cohésion de ces mêmes parties avec celles qui touchent la paille , c'est-à-dire avec celles qui sont de même nature , suivant que nous l'avons démontré dans les Paragraphes 81. & 82.

§ LXXXIV.

Quamquàm verò lubenter largiar, cohæsionem partium saponati majorem esse cohæsione partium aquæ simplicis, & hanc cohæsionem majorem esse cohæsione particularum aërearum inter se , hinc hoc calculo cohæsionem particularum aërearum , vapores sustentantium , (§. 80.) inveniri haud posse : Hæc tamen inde concludi possunt :

Je conviens volontiers que la cohésion des parties de l'eau de savon est plus grande que celle des parties de l'eau sans mélange, & que celle des parties de l'eau est plus grande que celle que les particules aëriennes ont entr'elles , & que par conséquent, par le calcul que nous avons fait, on ne peut pas fixer au juste la cohésion des particules aëriennes qui soutiennent les Vapeurs ; Paragraphe 80. cependant on peut tirer de notre supputation les conclusions suivantes.

1°. Cohæsionem particularum aquearum tantò majorem esse, respectu ponderis istarum ipsarum inter se cohærentium , quò minor est numerus partium aquearum. Nulla enim aquæ quantitas

1°. Que la cohésion des Molécules de l'eau , rélativement au poids de ces mêmes molécules qui sont en cohésion entr'elles, est d'autant plus grande , que les parties aqueuses sont en plus petit nombre. Car aucune quantité d'eau , fi elle eft plus grande qu'une petite goutte , ne peut fe foutenir par fa cohéfion avec un Corps fupérieur, mais elle tombe par fon poids ; au lieu qu'une petite goutte fe foutient & ne tombe pas par fon poids. Lorfque la goutte plus forte tombe ; l'expérience nous fait voir que les Molécules d'eau qui touchent le Corps folide ne s'en féparent pas ; donc la goutte ne tombe pas par défaut de cohéfion des Molécules de l'eau avec le corps folide ; mais par le défaut de cohéfion des Molécules aqueufes entr'elles : Donc dans le premier cas, la cohéfion des Molécules aqueufes eft moindre que leur poids, & dans le fecond leur cohéfion & leur poids font du moins égaux. Or nous avons demontré dans le Paragraphe précédent, que la cohéfion de toutes les Molécules aqueufes qui font dans la circonférence du plus grand cercle d'une petite goute, eft quelques milliers de fois plus grande que le poids d'un même nombre de ces Molécules.

guttulâ major, cohæfione cum corpore quodam fuperiore fuftentari poteft, fed cadit ex pondere ; guttula verò fuftentatur, cohærendo cum corpore quodam fuperiore , & non cadit ex pondere. Dùm guttula cadit, particulæ aquæ folidum contingentes, non feparantur à folido (experientiâ tefte) ergò guttula non cadit ob defectum cohæfionis particularum aquæ cum fololido , fed ob deficientem cohæfionem particularum aquearum inter fe ; ergò in priore cafu cohæfio aquearum inter fe minor eft pondere, in altero verò cohæfio & pondus funt minimum æqualia: Tot verò particularum aquearum , quòt funt in peripheria circuli maximi alicujus guttulæ , cohæfionem , aliquòt millies pondere earundem effe majorem , Parag. 83. demonftravimus. Ergò

2°. *Paucissimarum aquæ particularum, v. g. duarum, trium, quatuor, &c. multò majorem, respectu ponderis earundem, esse cohæsionem, quàm earum quæ sunt in peripheria circuli maximi. Ergò*

3°. *Tres, quatuor, quinque vel sex particulas aquæ, cohæsione suâ inter se sustentare posse particulam aliûs corporis, quamquàm hæc sit aliquòt millies dictis particulis specificè gravior. Ergò*

4°. *Etiam trium, quatuor, quinque vel sex particularum aërearum cohæsionem tantam esse, ut particulam aliûs corporis, millies vel etiam bis ter millies specificè graviorem aëre, id est vaporem aqueum, vel alium sustentare queat. Id quod, ob analogiam fluidorum liquidorum (inter quæ aër quoque est referendus) inter se, si cohæsionem eorundem relativè ad pondus consideres, concludere licet.*

F I N I S.

2°. Que la cohésion d'un très petit nombre de Molécules d'eau par exemple, de deux, trois, ou quatre, &c. est beaucoup plus grande, par raport à leur poids, que celles des Molécules qui sont dans la circonférence du plus grand cercle. donc

3°. Trois, quatre, cinq, ou six Molécules d'eau, par leur cohésion entr'elles, peuvent soutenir une Molécule d'un autre Corps, laquelle sera quelques milliers de fois plus pesante spécifiquement qu'elles ne le sont. Donc

4°. Par la même raison, la cohésion de trois, quatre, cinq, ou six Molécules aëriennes est assez forte pour pouvoir soutenir la Molécule d'un autre Corps, mille, & même deux ou trois mille fois spécifiquement plus pesante que l'air, telle qu'est une Vapeur aqueuse ou quelqu'autre. Voilà les conclusions que l'on peut tirer de l'analogie que les fluides liquides ont entr'eux, en examinant la cohésion que leurs parties ont entr'elles, rélativement à leur poids ; puisque l'air doit être mis au nombre des fluides liquides.

PRIVILEGE DU ROY.

LOUIS, par la grace de Dieu, Roy de France & de Navarre, A nos amez & feaux Conseillers les Gens tenans nos Cours de Parlemens, Maîtres des Requêtes ordinaire de notre Hôtel, Baillifs, Senéchaux, Juges, leurs Licutenans, & tous autres nos Officiers & Justiciers qu'il appartiendra : SALUT. Notre très-cher & bien amé Cousin LE CARDINAL DE POLIGNAC, Protecteur de l'Academie des Belles Lettres, Sciences & Arts, établie à Bordeaux par Lettres Patentes du feu Roy notre très-honoré Seigneur & Bisayeul, données à Fontainebleau le cinq Septembre 1712. Nous a remontré que plusieurs Membres de cette Academie avoient composé divers Ouvrages, sur les matieres qui font l'objet de leurs occupations, lesquels Elle souhaitteroit de donner au Public, Nous suppliant de vouloir accorder à ladite Academie toutes Lettres & Privileges nécessaires pour faire imprimer, vendre & débiter par tel Libraire qu'Elle choisira, tous & tels Ouvrages qu'Elle aura approuvez. A CES CAUSES, voulant témoigner notre bienveillance à notredit Cousin le Cardinal de Polignac, & procurer à ladite Academie en Corps, & à chaque Academicien en particulier, toutes les facilitez & tous les moyens qui peuvent contribuer à rendre leur travail utile au Public, Nous lui avons permis & accordé, permettons & accordons par nos Presentes Lettres, de faire imprimer, vendre & débiter en tous les Lieux de notre Royaume, par tel Libraire qu'Elle jugera à propos de choisir, en telle forme, marge & caractere, & autant de fois que bon lui semblera, *les Remarques & Observations journalieres de ce qui aura été fait dans les Assemblées de ladite Academie, & generalement tout ce qu'elle voudra faire paroître en son nom*, pendant le tems & espace de douze années consecutives, à compter du jour de la date des Presentes : Faisons deffenses à toutes sortes de personnes, de quelque qualité & condition qu'elles soient, d'en introduire d'impression étrangere, dans aucun lieu de notre Obéïssance ; comme aussi à tous Libraires, Imprimeurs, & autres que celui que ladite Academie aura choisi, d'imprimer, ou faire imprimer, vendre, faire vendre, débiter, ni conttefaire les differens Ouvrages, tant en Vers qu'en Prose, composez par ladite Academie des Belles Lettres, Sciences & Arts de notre Ville de Bordeaux, en tout ni en partie, ni d'en faire aucuns Extraits, sous quelque prétexte d'augmentation, correction, changement de Titre, même en feüilles separées, ou autrement, sans la permission expresse, ou par écrit de ladite Academie, ou de ceux qui auront droit d'Elle, à peine de confiscation des Exemplaires & Pieces contrefaites, & *de six mille livres d'amende* contre chacun des Contrevenans, dont un tiers à

Nous, un tiers à l'Hôtel-Dieu du lieu, & l'autre tiers à ladite Academie; à la charge que ces Presentes seront enregistrées tout au long sur le Registre de la Communauté des Imprimeurs & Libraires de Paris, dans trois mois de la date d'icelle; que l'impreffion defdits Ouvrages sera faite dans notre Royaume, & non ailleurs; que notredite Academie de notre Ville de Bordeaux se conformera en tout aux Reglemens de la Librairie, & notamment à celui du 10. Avril 1725. & qu'avant de les expofer en vente, les Manufcrits ou Imprimez qui auront fervi de copie à l'impreffion defdits Ouvrages, feront remis dans le même état, avec les Approbations & Certificats qui en auront été donnez par ladite Academie Royale, ès mains de notre très-cher & feal Chevalier, Chancelier de France, le fieur Daguesseau, Commandeur de nos Ordres, & qu'il en fera enfuite remis deux Exemplaires en notre Bibliotéque publique; un en celle de notre Château du Louvre, & un en celle de notre très-cher & féal Chevalier Chancelier de France le fieur Daguesseau, Commandeur de nos Ordres; le tout à peine de nullité des Presentes; du contenu defquelles, vous mandons & enjoignons de faire joüir ladite Academie de notre Ville de Bordeaux, ou ceux qui auront droit d'Elle, & fes ayans caufe, pleinement & paifiblement, fans fouffrir qu'il leur foit fait aucun trouble ou empêchement. Voulons que la copie defdites Presentes, qui fera imprimée tout au long au commencement ou à la fin defdits Ouvrages, foit tenuë pour düëment fignifiée, & qu'aux copies collationnées par l'un de nos amez feaux Confeillers-Secretaires, foi foit ajoûtée comme à l'Original. Commandons au premier notre Huiffier ou Sergent, de faire pour l'execution d'icelles, tous Actes requis & néceffaires, fans demander autre permiffion; & ce, nonobftant Clameur de Haro, Chartre Normande, & Lettres à ce contraires. CAR tel eft notre plaifir. Donné à Paris le premier jour de May, l'an de grace mil fept cens trente-huit, & de notre Regne le vingt-troifiéme. Par le Roy en fon Confeil. Et fcellé. Signé, ROMIEU.

Regiftré fur le Regiftre dix de la Chambre Royale & Sindicale des Libraires & Imprimeurs de Paris, N°. 44. fol. 40. conformement au Reglement de 1723. qui fait deffenfes Art. 4. à toutes perfonnes, de quelque qualité qu'elles foient, autres que les Libraires & Imprimeurs, de vendre & débiter, & faire afficher aucuns Livres pour les vendre en leurs noms, foit qu'ils s'en difent les Auteurs, ou autrement; & à la charge de fournir à ladite Chambre Royale & Sindicale huit Exemplaires prefcrits par l'Art. 108. du même Reglement. A Paris, le 16. May 1738. Signé, *LANGLOIS, Sindic.*

L'Academie Royale des Sciences de Bordeaux, par Déliberation du 27. Juillet 1738. a cedé le prefent Privilege au Sieur PIERRE BRUN, Imprimeur-Aggregé de ladite Academie. Signé, SARRAUT, Secretaire.

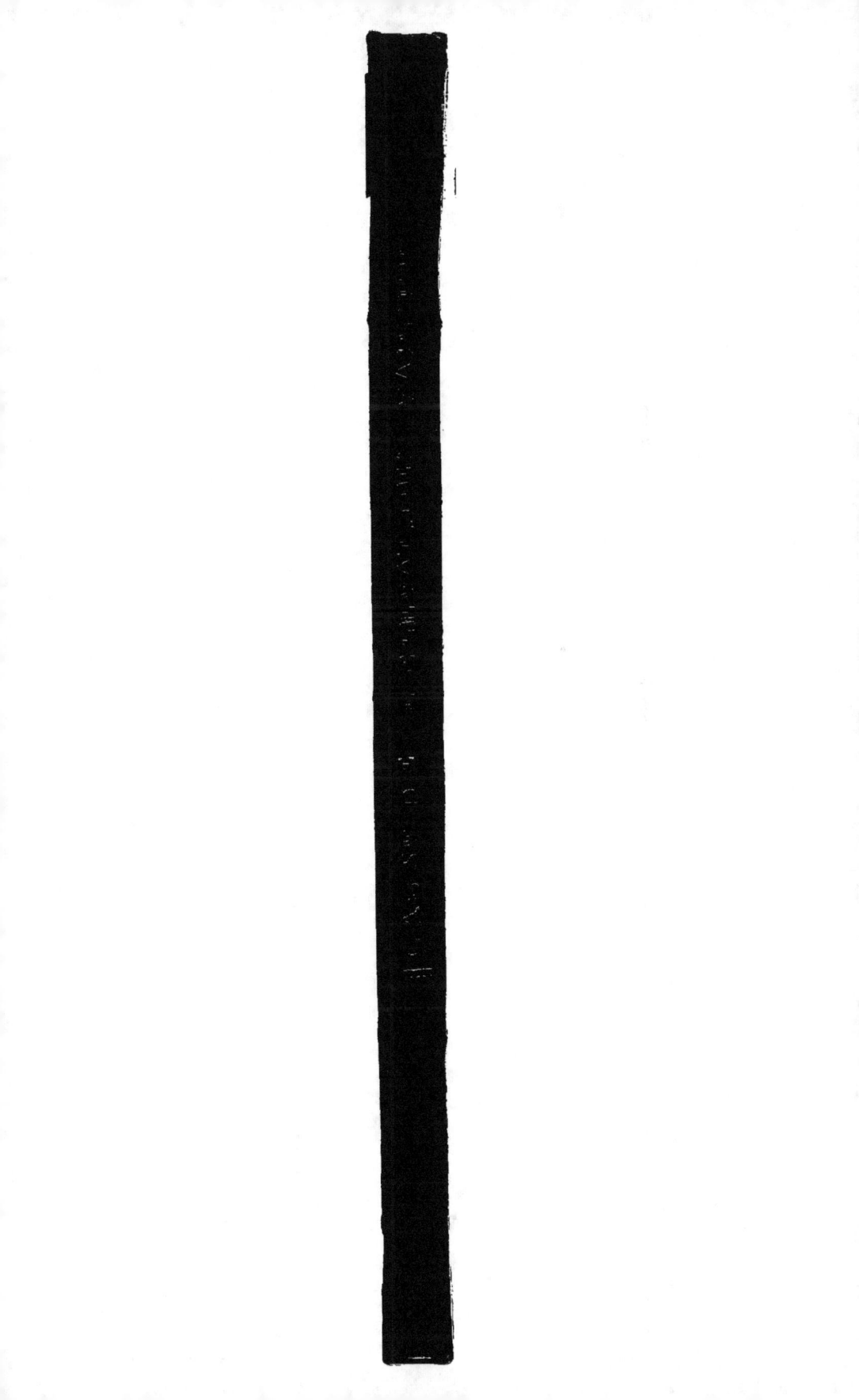

www.ingramcontent.com/pod-product-compliance
Lightning Source LLC
Chambersburg PA
CBHW071106260626
47162CB00006B/2223